CONEXÕES MALIGNAS

Mário André Pacheco

Conexões Malignas

Ficções, paradoxos e histórias fantásticas

Porto Alegre
2011

Preparação e revisão
Rodrigo Rosp

Capa
Samir Machado de Machado

Dados Internacionais de Catalogação na Publicação (CIP)

P116c Pacheco, Mário André
Conexões malignas/ Mário André Pacheco. – Porto Alegre : Dublinense, 2011.
128 p. ; 21 cm.

ISBN: 978-85-62757-33-4

1. Literatura Brasileira. 2. Contos Brasileiros. 3. Contos de Terror.
4. Ficção. I. Título.

CDD 869.937

Catalogação na fonte: Ginamara Lima Jacques Pinto (CRB 10/1204)

Av. Taquara, 98/504
Petrópolis – Porto Alegre – RS

contato@dublinense.com.br

dublinense

A Luiz Antonio Rebouças dos Santos e
Léa Masina pelas orientações e indicações,
a Novayen Olson por seu apoio constante
e a Glee Bohanon pelas belas palavras.

ÍNDICE

Conexão Demoníaca

I

O cheiro fétido de enxofre na sala de meu chefe enchia minhas narinas. O lugar abafado e a temperatura elevadíssima realçavam ainda mais aquele recinto dantesco. E o que é pior, eu nem podia parar e aproveitar tudo aquilo, pelo menos não até ouvir o que o Chefão tinha a dizer. Assim, o que me restava era ficar em pé, à frente de sua enorme escrivaninha estilo art nouveau, à espera. Mas ele não tinha pressa alguma em me tranquilizar. O que ele fazia era apenas ler meu relatório.

Eu fiquei pensando se aquela demora tinha a ver com algumas indiscrições que eu havia cometido e que, naturalmente, preferia que não fossem reveladas. Minha mente começou a divagar.

Bem, antes de mais nada, prefiro me apresentar. Sou Max Janus, demônio por vocação e corretor de almas por profissão. Trabalho no 8º Círculo do Inferno, um dos círculos mais conceituados. Corretores de almas capturam almas para o Inferno. Essas nos tornam mais fortes, poderosos e prestigiados, sendo muito cobiçadas. Porém, há um detalhe. Nós queremos almas de pessoas puras e inocentes. Quanto mais puras, melhor. Almas podres cedo ou tarde vêm para nosso lado de um jeito ou de outro, mas não nos dão muitos pontos.

Para que um demônio como eu realize seu trabalho, existem três modos oficiais de coletar uma alma:

1) Fazendo um pacto com a vítima. Promete-se algo que ela queira e, após dez anos de boa fortuna, o demônio aparece e coleta o que é seu por contrato. É um método eficiente, simples e direto, porém demorado.

2) Fazendo a vítima cair em tentação e cometendo uma vida de pecados. Não vale cometer apenas um pecado ou dois; afinal, o Outro Lado, o Lado do Bem, perdoa com muita facilidade, o que é péssimo para os negócios. Esse é um método que exige uma vida mortal inteira de paciência, pois a vítima ainda pode ser perdoada no seu leito de morte.

3) Induzindo a pessoa a cometer um crime grave. Esse é como acertar na loteria, principalmente se for um inocente que cometer o crime em um momento de fraqueza.

Bem, existe um quarto método que eu descobri. Um meio não-oficial e não-aprovado, mas muito eficaz. E era isso que eu tinha medo que descobrissem.

Será que meu chefe me chamara para seu escritório para falar disso? Comecei a pensar no trabalho de campo que eu havia executado na semana anterior. Quando demônios saem em trabalho de campo é para se misturar entre os mortais, disfarçados como um deles. Dessa vez, foi para convocar a ajuda de um Pecado Capital.

II

Embora eu houvesse descoberto um meio bastante lucrativo de capturar novas almas muito valorizadas, eu também realizava trabalhos tradicionais como demônio. Afinal, meu *jeitinho* era muito arriscado e tinha que ser feito com bastante cuidado. Por isso, minha secretária e eu estávamos fazendo trabalho de campo para a preparação de um bom e velho pacto com um demônio. Para isso, eu precisava contar com a ajuda de Luxúria, que daria um empurrãozinho para que nossa vítima aceitasse meu pacto.

— Sofia, prepare-se para conhecer em pessoa alguns dos nossos Pecados e Vícios favoritos. É aqui que eles se reúnem, misturados entre humanos — disse eu, alertando minha secretária-estagiária antes de entrarmos no clube noturno Hefesto's.

Ela ajeitou os óculos e respirou fundo. Assim como eu, ela havia assumido a forma humana. Dei uma boa olhada nela. Afinal, é importante manter as aparências. Achei que longos cabelos ruivos presos de maneira bem-comportada, como assim exigia o cargo que ocupava, e óculos de armação grossa combinavam bem com ela, assim como a aparência jovem e bela, porém com um ar profundamente profissional.

Sofia sacou um smartphone de sua bolsa e tirou uma foto da fachada em art déco do clube. Olhei para ela de soslaio.

— É para os registros de nossos arquivos, senhor.

Ora, nunca confiei nessas engenhocas modernas e certamente não vou depender delas para fazer meu trabalho, coisa que faço exemplarmente há séculos.

Sofia não pareceu se importar com minha desconfiança. Estava com a ficha de nossa vítima em sua pasta e estava preparada, pelo menos eu assim esperava, para a importante tarefa que tínhamos pela frente. Ela parecia estar bem adaptada àquela forma humana. Eu é que não estava muito à vontade naquele corpo moreno, alto, atlético e de terno azul com gravata vermelha. Mas eu não tinha escolha. Trabalho de campo exigia que assumíssemos formas humanas para podermos interagir com os seres humanos em seu mundo. Então, que assim fosse, pois quanto mais cedo começássemos, mais cedo eu poderia retornar ao Submundo.

— Acha então que Luxúria está aí dentro à nossa espera, senhor? — ela perguntou.

— Os Pecados, principalmente os Capitais, costumam frequentar aqui e até me indicam que almas são mais vulneráveis. Viemos ao lugar certo.

Chegamos até a entrada e o porteiro, um jovem uniformizado e com um sorriso disposto a agradar, nos recebeu.

— Ora, Sr. Janus. Quanta honra tê-lo por aqui. Está muito elegante, se me permite dizer. Não é sempre que temos alguém tão importante por aqui. E vejo que está muito bem acompanhado. Por favor, deixe-me abrir a porta para vocês.

— Obrigado, Beto. Agora, deixe-nos entrar — eu respondi.

Algumas pessoas podiam ser pateticamente dedicadas. Não pude deixar de sentir um certo orgulho de minha posição; quando assumíamos formas humanas, ficávamos um pouco vulneráveis a tais emoções passageiras, o que nem sempre era ruim. Já Sofia passou reto, sem nem olhar para o porteiro. Ela teria que dar um jeito nessa timidez se quisesse interagir com seres humanos.

Entramos. À primeira vista, aquele parecia um lugar comum com gente comum, pois todos nós do Submundo estávamos em nossas formas humanas misturados às pessoas. Era preciso um olho treinado como o meu para localizar a entidade certa naquele disfarce de carne e osso.

— O senhor sabe que forma ela assumiu dessa vez? — Sofia perguntou.

— Não, pois os Pecados Capitais são muito traiçoeiros e não gostam de se revelar nem para nós, demônios. Mas basta um olhar perspicaz para perceber. Observe a aprenda com o mestre.

Examinei os ocupantes das mesas com cuidado e logo meu olhar parou em uma morena estonteante com um justo vestido vermelho. Sim, só podia ser ela: Luxúria.

— Ali está ela — afirmei com convicção.

— Como pode ter tanta certeza?

— Esse tipo de coisa não dá para explicar; coisa de especialista. Agora, por favor, deixe-me tratar a sós com ela.

Aproximei-me da mesa em que ela estava.

— Com licença. Acho que você está precisando de companhia.

— Ora, ora, ora... Se não é o lendário Max Janus — sua voz era tão melodiosa e sedutora quanto a aparência sugeria.

— Pelo visto, minha fama me precede. Ótimo. Tenho um assunto que vai lhe interessar — disse e senteime ao seu lado.

— Você não deveria deixar aquela jovem sozinha — disse ela apontando para Sofia, que buscava um lugar no balcão, pois as mesas estavam todas ocupadas.

Pobre Sofia. Realmente, ela estava ali tentando se acomodar e devia se sentir excluída. Como ela poderia aprender alguma coisa se eu a deixasse de lado? Talvez eu devesse dar mais atenção às suas necessidades. Tratá-la mais como igual e menos como uma subalterna. Ela bem que merecia e vinha fazendo um trabalho impecável. Por algum motivo, eu, naquele momento, estava me sentindo extremamente culpado pela maneira como vinha tratando minha secretária.

— Ei! Espere um pouco! Você não é Luxúria, quem vim procurar. Você só pode ser... Culpa!

— Eu nunca disse que era Luxúria. Por acaso, está se sentindo culpado por não ter me identificado de primeira? — perguntou ela com um sorriso malicioso.

Quanto à Culpa, não se tratava da responsabilidade objetiva de alguém de haver causado dano a si ou a outros. Culpa era apenas um sentimento, uma emoção penosa de haver cometido uma transgressão, quer ela existisse ou não.

Apesar de não ser um dos Pecados Capitais, Culpa era das entidades mais traiçoeiras, pegando-nos desprevenidos se não estivéssemos atentos. Talvez assim fosse por ser aceita entre os demônios (afinal, tirava o sono dos inocentes; na verdade, os inocentes costumavam ser muito mais vulneráveis à Culpa do que muitos culpados). Contudo, Culpa também era traiçoeira por ter livre curso no Outro Lado, que a usava para combater os Pecados. Afinal de contas, Culpa pode fazer com que o criminoso culpado se torture e busque punição. Então, nunca sabíamos se podíamos confiar nela. Porém, eu sabia o que estava fazendo e que estava no controle da situação.

— Não é de você que preciso hoje. Estou à procura de Luxúria para a realização de um pacto.

— Que peninha! Queria tanto passar um tempo com você — disse ela, dando uma risada sedutora. Sem dúvida, Culpa andara tendo lições com Luxúria. — Mas não tenha tanta pressa em sair. Talvez eu tenha algo que lhe interesse.

— E o que você pode ter que me interesse? Não consigo imaginar o que seja — desdenhei.

— Bem, corre o boato pelos círculos metafísicos que você anda procurando certo tipo de alma de aparência pura, mas que seja de fácil captura.

— Pode ser que sim. O que você tem a ver com isso?

Ela colocou uma valise em cima da mesa, retirou um arquivo e o entregou a mim. Não custava ver o que era. Então, abri para dar uma olhada.

— Pelo que vejo, temos aqui fichas de pessoas bem respeitáveis. Como chegou a esses nomes?

— São clientes meus a quem não consegui incutir culpa. Então, achei que poderia atingi-las de outra forma, com sua ajuda — ela disse.

— E o que quer por esta lista?

— Passes para o Inferno para que eu possa entrar lá e atormentar algumas almas.

Olhei para ela e recebi um sorriso dos mais inocentes. Se eu não conhecesse a reputação de Culpa, juraria que estava sendo sincera. Mas não custava nada conferir aqueles nomes. Se eles fossem quentes, seria bobagem recusar o acordo. Como de costume, eu sentia que estava no controle da situação.

— Vamos fazer o seguinte. Eu levarei esta lista — afirmei, tentando não demonstrar meu entusiasmo — e vou conferir se essas pessoas são tudo o que prometem. Se nada der errado, eu lhe entrego os passes.

— Claro! Pode confiar — disse ela, sorrindo mais ainda, inclinando a cabeça para o lado e me afagando o braço.

— Agora, com licença. Preciso concluir o negócio para o qual vim para cá. Obrigado e até logo.

Levantei-me. Notei que Sofia estava de papo com um homem gordo, meio careca e de bigode que se empanturrava com um prato de comida. Ela apanhou seu smartphone novamente e tirou uma foto dele, que deu um sorriso com a boca cheia de comida. Ora, por que ela achou que Gula poderia ser útil para nossos planos?

— Sofia, guarde esse arquivo em sua bolsa. Tenha muito cuidado com ele.

— Claro, Sr. Janus. O que é?

— Apenas os nomes de alguns possíveis clientes. Nada de mais.

— Como queira, Sr. Janus — ela disse enquanto guardava a lista que Culpa me dera. — A propósito, creio que o senhor vai querer falar com esse cavalheiro. Agora, com licença que vou ao toalete das senhoras.

Ela saiu, deixando-me a sós com aquele glutão.

— Você deveria experimentar o prato do dia. Está delicioso! Prove um pouco — disse ele, aproximando seu garfo com comida da minha boca. Naturalmente, recusei. Achei particularmente nojento o modo como seu bigode estava sujo de comida. Mais uma daquelas indesejadas reações de nossas formas humanas.

— Não sei por que ela pensou que você poderia ser útil, Gula.

— Também não sei — o gordo respondeu de boca cheia. — Mas ela me explicou a situação assim por alto. Fiquei mais ouvindo o papo dela só porque é bonitinha. Aliás, se eu tivesse uma secretária dessas, acho que teria dificuldade em me concentrar no trabalho — disse ele, dando uma risada maliciosa e engolindo outra garfada.

Olhei para Sofia e vi com que graça e beleza ela se movia. Quando assumíamos formas humanas, estávamos mais suscetíveis a sofrer tentações, mas até era interessante aproveitar algumas das vantagens de se estar vivo, já que não tínhamos esse tipo de emoção no Submundo.

— Até que ela é graciosa nessa forma — admiti. — Pena que é meio burrinha.

— Mas até que para aproveitar os prazeres da carne,

ela não é de se jogar fora — disse o gordo, abocanhando um bom pedaço de seu bife de interior avermelhado.

Fiquei pensando que depois de nossa missão não haveria problemas em convidá-la para um jantar e, depois, levá-la para um lugar mais sossegado. Quem sabe se rolasse uma coisa depois de outra e...

— Ora, que coisa! Luxúria, não a reconheci nessa forma horrorosa!

O gordo riu, cuspindo um pouco de comida em meu terno.

— Aí é que está. É muito simples. Tenho que fazer com que minha vítima se interesse pela pessoa errada, e não por mim. Não posso ser sedutor. E acredite, ela seria muito errada para você. Essa técnica tem dado ótimos resultados.

— Eu estava distraído — protestei. — Não deixaria um Pecado Capital me enganar duas vezes.

— É mesmo? Sabe aquele rapaz ali, o porteiro?

— Sim. Talvez eu leve a alma dele a qualquer hora. Gosto da companhia dele.

— Pois ele é Orgulho — disse Luxúria. — Esse é apenas um de seus disfarces.

Tive que reconhecer que Luxúria tinha razão. Logo Sofia estava de volta, e tratei de não dar sinais que eu andara pensando bobagens sobre ela. Eu olhei para ela e ela olhou de volta para mim de um modo estranho.

— Alguma coisa errada, Sr. Janus?

— Não, nada está errado. Vamos ao trabalho — eu disse, tentando soar natural. — Parece que você identificou Luxúria antes de mim. Parabéns.

— Sorte de principiante, Sr. Janus. Quer que eu volte para o balcão? — ela disse em tom profissional.

— Não, fique por aqui. Você mereceu participar do negócio por inteiro, Sofia. Pegue o arquivo com a vítima de nosso pacto.

O resto da reunião correu sem problemas. Em pouco tempo, já tínhamos tudo organizado para propor um pacto irresistível à nossa vítima. Em dez anos, eu teria mais uma alma a meu dispor.

Terminadas as tratativas, eu disse:

— Sofia, vá indo na frente que já a alcanço.

Ela, como de costume, obedeceu prontamente. Fiquei olhando para o agradável balançar de suas cadeiras enquanto se distanciava.

— Ah, se eu pudesse provar de meu próprio veneno — comentou Luxúria. — Se eu estivesse trabalhando com ela como você, eu bem que ficaria tentado.

— Cale a boca, Luxúria. Não caio nessa duas vezes. Ainda mais agora que sei que ela é a garota errada para mim. Aliás, o que você quis dizer com isso? Como ela pode ser tão errada assim?

Luxúria abriu um enorme sorriso e deu uma risada, cuspindo mais um pouco de comida sobre meu terno.

— Segredo profissional, Max! É algo para eu saber e você descobrir! Mas não se preocupe, você vai descobrir logo. Agora, gostaria de terminar meu jantar em paz.

Eu me despedi de Luxúria sabendo que eu também queria ficar em paz, mas pressentindo que algo indesejável estava prestes a acontecer. Pensando bem, que bobagem! Luxúria só estava me provocando à toa. Como sempre, eu estava no controle da situação. Pelo menos, era nisso que eu acreditava.

III

Cá estava eu agora no escritório do meu chefe. O silêncio sepulcral permeava o ambiente, sendo apenas interrompido pelo crepitar da lareira desenhada no mesmo estilo art nouveau predominante na sala. Ocasionalmente, também, eu ouvia o tamborilar das longas unhas de meu chefe no tampão da mesa. Ele analisava meu relatório com atenção e, entre uma baforada e outra de seu charuto, adotava uma expressão que eu preferia não tentar decifrar.

— Excelente trabalho, Max! — finalmente ele trovejou naquele seu vozeirão.

— Obrigado, Sr. Delmônico — eu respondi. Sei que muitos acham que ele mete medo, com aqueles enormes chifres curvados de carneiro montanhês e dentes de tubarão. Mas sei que, no fundo, ele é justo com seus funcionários.

— Estou sendo honesto. Seu relatório de apreensão de almas está impecável. Como sempre. Contudo... você sabe onde tem que melhorar.

Eu sabia que estava tudo indo bem demais. Aí vinha o golpe.

— Mas, chefe, que problema poderia haver? O senhor mesmo disse que meu relatório estava excelente. Deve ser algum mal entendido.

— Ora, Max. Você sabe onde está deficiente. Precisa aprender a se utilizar dos benefícios da informática!

— Ah, é isso — suspirei aliviado.

— Claro. O que mais seria? — o chefe me deu um olhar intrigado.

— Chefe, justamente se minha produção está tão boa, não vejo necessidade de me aprofundar no uso do computador — desconversei. — Há séculos faço meu trabalho de campo muito bem. Por que mudar agora?

— Ora, Max. Estou decepcionado com sua falta de visão. Imagine quantas atividades diabólicas podemos fazer pela internet. Vírus, spams, bombas lógicas, propagadores. São tantas as ferramentas que fico emocionado só em pensar no que podemos alcançar em pouco tempo. São fundos de velhinhas que se vão em fraudes bancárias. Cartões de crédito clonados. Pedofilia. Máquinas de suporte de vida desligadas. Controladores de voo mais atrapalhados do que de costume! Ou você acha que daremos conta do recado apenas mandando spams de aumento de pênis?

— Claro que não, chefe.

— Já temos até um representante nosso trabalhando no Mundo dos Vivos. Um homem cuja tecnologia desperta uma devoção quase religiosa em seus clientes. Tudo está indo às mil maravilhas!

— Claro que sim, chefe...

— Pois então, mãos à obra. E faça disso uma prioridade. Essa ordem vem direto de lá de baixo — disse o chefe, apontando para o chão. — Mas lembre-se, Max: quero almas boas. As podres cedo ou tarde serão nossas de qualquer maneira. E não me importa o que faça para consegui-las. Agora, bata os cascos e saia daqui!

IV

Saí da sala do chefe literalmente com o rabo entre as pernas. O Sr. Delmônico não tinha descoberto coisa alguma. Mesmo assim, tudo que eu não queria naquele momento era perder meu foco com uma besteira dessas. Mas receio admitir que ele, de certo modo, tinha razão. Eu precisava me atualizar. E, bem no fundo, isso me preocupava bastante.

Ao percorrer o corredor em direção à minha sala, senti algo de diferente no ar. Os outros funcionários pareciam desviar o olhar de mim. Eu tinha o pressentimento de que algo devia estar muito errado.

Eu precisava me recompor, então fui ao banheiro. Ao entrar, um jovem demônio saiu apressadamente assim que me viu, mas o problema devia ser dele. Não, esse era apenas mais um desafio que eu aceitaria como qualquer outro.

Joguei um pouco de água escaldante no rosto para me acalmar. Olhei-me no espelho: olhos avermelhados. Pele amarelada e escamosa. Chifres fortes e robustos. Em suma, naquele terno vermelho com camisa e gravata pretas, eu não podia ter um aspecto melhor. Dei meu sorriso mais ameaçador e isso me encheu de confiança novamente.

Quando cheguei à antessala de meu escritório, Sofia me cumprimentou e já tentou me avisar de alguma coisa, mesmo antes de eu ter a chance de me acomodar. Mesmo em sua forma demoníaca, ela continuava a ser uma jovem tímida que insistia em esconder seus belos olhos alaranjados por trás daqueles pesados óculos de armação grossa. Mas ela fazia seu trabalho direitinho, apesar de ser um pouco intrometida e meio burrinha.

— Eu pego minhas mensagens daqui a pouco, Sofia. Deixe-me entrar em minha sala.

— É o que estou tentando lhe dizer, Sr. Janus. Alguém o espera em sua sala. Até se recusou a dizer quem é; não tive como impedir que ele entrasse. Sinto muito.

— Não se preocupe, Sofia. Eu lido com isso. E pode voltar a fazer... o que você sempre faz nessa hora. Pode me trazer um café lava?

— Claro, senhor. Só uma coisinha. Já faz um tempo que estou tentando lhe dizer isso... Meu nome é Sandra.

Dei de ombros. Não podem esperar que a gente se lembre de tudo, ora bolas. Para isso, existem secretárias. Acho que preciso de uma secretária para me lembrar do nome de minha secretária.

Entrei em minha sala e dei de cara com uma cena que jamais achei que veria. Meu eterno rival, Julius Gusano, com um enorme sorriso debochado na cara, sentando em minha poltrona e com os pés em minha escrivaninha nova de granito. Se tinha um sujeitinho trapaceiro, malicioso, pernicioso, dissimulado e preguiçoso, esse era Julius Gusano. Mas ele nunca tivera o topete de me enfrentar. Isso até agora.

— Bom dia, Max. Vim dar uma olhada em minha nova sala. Gostei dela, mas acho que vou me livrar dessas suas tralhas em art déco e passar para art nouveau. O chefe vai gostar. Mas vou ficar com essa escrivaninha — disse Julius, batendo com o casco no granito.

— Se essa é sua ideia de piada, Julius, saiba que estou de péssimo humor. Desde quando uma larva desenvolveu coluna vertebral? É melhor você ir se explicando antes que o enxote daqui como o verme que você é.

— Você não estará assim tão arrogante quando souber o que eu descobri, Max. Vai perder a pose, ora se vai! Eu descobri todo seu esquema — ele disse, mal contendo a risada.

— Não sei do que está falando. Não tem esquema nenhum — menti.

— Tenho que admitir que você foi brilhante, Max. Mudar os registros de almas más e fazer com que parecessem pessoas boas que se corromperam ou foram incriminadas foi uma ideia muito boa.

Então, alguém tinha descoberto meu segredinho sujo. Todos nós, corretores de almas, sabíamos como era difícil fazer pessoas boas cair em tentação e trair sua natureza, mas eram essas que davam muito mais pontos e garantiam todas as melhores premiações. E as almas podres, bem, já eram nossas mesmo.

Então, eu pensei como seria muito melhor fazer, com algumas falsificações de documentos, tendo em vista nossa burocracia gigantesca, com que criminosos parecessem vítimas desiludidas, corrompidas ou mesmo incriminadas e que cometeram algum deslize sério que os trouxe para cá. Que os bons fossem para o Outro Lado, o lado da Luz. Quem precisava deles? Afinal, aqui embaixo já estava lotado de gente ruim mesmo.

— Seja lá o que você pense que tenha contra mim, duvido que possa provar alguma coisa. E não é um cérebro de minhoca como você, Gusano, que poderia chegar a algum lugar sozinho. Você só sabe comer e se reproduzir! Quem realmente está por trás disso?

— Eu fiz tudo isso! — ele gritou, o sorriso desaparecendo de sua face. — E já avisei os Círculos superiores. Foi a primeira coisa que fiz hoje de manhã.

Ora, se minha pequena indiscrição já havia sido revelada, então por que o chefe tinha me tratado tão bem agora há pouco? Por que a encenação? Em seguida, Julius pressionou um botão do interfone.

— Mas admito que tive uma ajudinha. Srta. Ânima, pode entrar — disse ele no interfone sobre a escrivaninha.

Mas quem diabos pode ser essa tal de Srta. Ânima?, pensei.

Naquele momento, minha secretária abriu a porta e entrou carregando um copo.

— Ah, meu café lava! Muito obrigado, Sofia. Eu estava mesmo precisando — falei, aliviado.

Contudo, para minha surpresa, ela caminhou até Gusano e deu o café para ele. Olhou para mim e cruzou os braços de forma desafiadora.

— A propósito — disse Julius com a boca espumando de café lava —, vou ficar também com sua linda secretária. Ela não merece ficar desamparada, coitadinha.

— Sofia, então foi você? — era uma pergunta retórica, pois a resposta era um tanto óbvia. — Por quê? Por quê?!

— Porque você nunca prestou atenção em mim — ela respondeu choramingando.

— Isso não é verdade, Sofia.

— Já disse que meu nome é SANDRA!

Foi um berro ensurdecedor, que provavelmente foi ouvido por todo o 8º Círculo. Tá legal. Sandra. Acho que agora eu me lembro.

Julius, pego de surpresa com o grito, estava com o terno amarrotado coberto de café lava.

— Respondendo a sua pergunta, Max, eu também não entendo desse negócio de crimes virtuais e digitais. Essa parte ficou a cargo dessa encantadora jovem. — Sof... Sandra sorriu timidamente com o elogio. — Mas — continuou Julius — eu descobri muito sobre você pelos modos convencionais. Se há uma coisa que demônios e seres humanos têm em comum é que eles são muito descuidados com o que jogam fora. E você não tem sido nada cuidadoso com seu lixo, meu caro Max.

Sem dúvida, Julius revirando meu lixo não é uma cena difícil de imaginar. Ele estava bem em seu elemento.

Naquele momento, a porta de minha sala foi aberta com força, batendo de forma violenta contra a parede. Julius reclamou sobre danos à porta e à parede, como se a sala já fosse dele.

— Ele está ali — falou, apontando para mim. Porém, os guardas não se mexeram.

Guardas demônios não eram conhecidos por sua inteligência. Eram brutais e, por nunca saírem a campo, não tinham um pingo de humanidade. Nem sabiam fingir como nós, corretores.

— Eu sei que estou sentado na poltrona de Max Janus. Atrás da escrivaninha de Max Janus. Porém, Max Janus está ali — disse Julius, apontando para mim diante do olhar impassível dos guardas. — Vamos, seus descerebrados. Façam seu trabalho!

— Julius Gusano, venha conosco — disse o guarda com sua voz cavernosa. — Não pediremos de novo.

— Não, seus idiotas! É ele que vocês querem, não eu! — protestou Gusano em sua voz esganiçada. — Pois fiquem sabendo que...

Ele nem teve tempo de terminar a frase. Foi arrancado da poltrona por seus chifres e puxado pelo rabo, coisa muito dolorosa, podem acreditar, aos gritos de protesto, com suas grossas unhas criando sulcos no piso, até ele sumir no elevador. Mas ninguém se compadeceu.

— Que peninha — disse Sandra, fingindo piedade. — Deve ter sido mais um daqueles casos de troca de identidade feitas com o uso do computador de que se ouve falar.

V

Eu já não sabia mais o que pensar. Então, o perigo já havia passado? Justamente o contrário. Com o idiota do Julius eu conseguia lidar. Com essa cobrinha pronta para dar o bote, a história era bem diferente.

Olhei para Sandra. Eu juro que praticamente podia ouvir as engrenagens funcionando naquela cabecinha. Ela estava tramando alguma coisa o tempo todo.

— O que vai acontecer com ele? — perguntei.

— Provavelmente, vai passar umas longas férias num lugar bem gelado. Claro que isso depende do que disserem seus registros online. Mas acho que ele deve ficar longe do nosso caminho por uns vinte anos.

— Só isso?

— Vinte anos de Plutão — ela disse, soltando uma risada delicada, mas carregada de malícia. — Enquanto isso, podemos fazer nossos planos.

— Que planos? — perguntei, com medo da resposta.

— Meu querido Max. Eu não ia perder meu tempo com um imbecil como Julius Gusano, mas você é um cavalo no qual eu apostaria.

— Espere aí... — relinchei em protesto.

— Calma! Não foi isso que quis dizer. O fato é que Julius tinha razão em um ponto. Vocês da velha guarda têm que se atualizar. A internet está aí para o bem ou para o mal, depende de quem desejar fazer o quê e da falta de cuidados de quem usar. Seu plano de enganar o sistema, trocar identidades, falsificar registros e documentos precisa de uma vez por todas entrar para a era digital. E trazer todas as almas más para cá.

— Alto lá. Do jeito que você fala, até parece que você... Não, isso é absurdo demais. Quer fazer o bem? Não, abra o jogo, menina. O que você espera realmente ganhar com isso? E, o que é mais importante, o que *eu* vou ganhar? Isso é, além do fato de você não me denunciar.

— Ora, Max. Eu o respeito demais para usar um truque tão barato quanto chantagem para mantê-lo eternamente de rabo preso. Que tal isso?

Ela tirou os óculos e, de repente, o cenário mudou. Minha sala se transformou em um requintado salão de bailes amplo e vazio. Novamente, estávamos em nossas formas humanas. E ela me surpreendeu como uma sedutora ruiva de longos cabelos ondulados cor de fogo com um vestido vermelho colado ao corpo.

Então, ouvi um tango. Era *Por una cabeza*, cantado por Carlos Gardel. Será que ela estava atrás de minha cabeça? Ou de outra parte de minha anatomia? Ela deu uma pirueta e chegou bem pertinho de mim.

Sandra me perguntou se eu realmente queria saber o que ela esperava ganhar com aquilo tudo. Eu acenei com a cabeça afirmativamente, pois não tive coragem de concordar em voz alta. Algo me dizia que eu ia me arrepender de querer saber a verdade.

Ela puxou minha gravata, aproximando seu rosto do meu. Seu perfume era agradável e levemente intoxicante. Pude sentir seus seios junto ao meu peito. E também tive uma sensação profundamente excitante, pois sua cauda subia pela minha calça.

Ela aproximou seus lábios dos meus, mas, no último instante, deu um leve e puramente carinhoso beijo em minha bochecha para, em seguida, cochichar algo em meu ouvido que me gelaria a alma, situação particularmente desagradável para um demônio, se eu achasse que tivesse uma. Ela disse:

— Estou trabalhando para o Outro Lado!

Horrorizado, eu a empurrei e me afastei dela. A música parou.

— Com que objetivo você armou todo esse circo?

— perguntei, colérico. Então, ouvi alguém batendo palmas ao longe.

— Não preparei esse circo todo, como você diz, sozinha. Tive uma ajudinha de nosso amigo.

Olhei para o lado e lá estava ele. Sua barriga balançava enquanto ele dava risadas.

— Luxúria, você me paga! — gritei.

— Ha, ha, ha! Bem que eu disse que ela era a garota errada, Max! Bem que eu avisei.

Corri em sua direção, e ele sumiu numa nuvem de fumaça escura.

— Muito bem, sua traidora. O que você tem em mente? O que está pretendendo? Leve-me de volta já!

— Se você prefere tratar isso de modo apenas profissional, então que assim seja.

Ela estalou os dedos e, de repente, estávamos em um escritório, com a mesma aparência e usando os trajes que usávamos em nosso último trabalho de campo.

— Calma, ainda não podemos voltar ao Submundo. Prefiro um território neutro onde selar nosso acordo, aqui no Mundo dos Vivos.

— Não faço pactos. Eu os ofereço. Sou um demônio, esqueceu? Você eu não sei mais o que é.

— Calma, Max. Tenha paciência e me escute. Não que você tenha muita escolha... Mas prefiro que você colabore voluntariamente. Podemos ter uma ligação apenas profissional, se assim preferir. Como quiser. Confio em você. Sei que, no fundo, você é um dos nossos. Com alma e tudo!

Fiquei colérico. Jamais havia sido tão ofendido.

Tentei buscar palavras para protestar, mas só consegui grunhir. Ela ficou me olhando. Estava se divertindo com a situação. Quando eu finalmente consegui me acalmar, falei:

— Você está sendo absurda, mulher. Esperar um pingo de racionalidade de uma mulher só pode dar nisso. Sempre só pensei em mim! Nunca quis ajudar ninguém! — falei com o dedo em riste da maneira mais enfática que eu consegui.

— Como quiser, Max. Se você consegue acreditar nisso, bom para você! — ela deu de ombros, fingindo não se importar. — O fato é que você tem andado muito ocupado com suas falsificações de almas — ela abriu uma gaveta de sua escrivaninha e ficou segurando alguns papéis. — Veja só esses casos mais recentes. Monsenhor Soares, respeitável religioso e pedófilo incurável — disse, e jogou a ficha em sua escrivaninha. — Pedro Santos, pilar da comunidade e traficante de armas — disse, repetindo o gesto com a ficha. — Laura Miller, poeta conceituada e assassina em série.

Por fim, jogou todas as fichas na mesa e prosseguiu:

— Todos cidadãos exemplares na aparência, mas no fundo almas podres. Todos processados como inocentes que vieram parar no Inferno por algum deslize ou tentação. Esses eram os nomes que eu precisava para provar que você fez as falsificações.

Esses nomes não me eram estranhos. Aproximei-me da mesa e olhei para aquelas fichas. Oh, não! Não podia ser!

— Mas essa é a lista que...

Sandra abriu a porta do escritório e lá estava ela: Culpa em pessoa!

— Oi, Max! — disse Culpa.

— Não devia ter confiado em você. Ora, droga! É culpa minha se fui tão idiota! — eu disse, colocando minhas mãos na cabeça e arruinando meu penteado impecável. — Como pude ser tão burro?

— Sentindo-se culpado, Max Janus? Desculpe-me. Não consigo evitar. Mas eu disse que não conseguia incutir culpa nessas pessoas. São psicopatas e com eles nunca tenho sucesso. Eu precisava de você para trazê-los para cá.

— Obrigada, Culpa. Você foi de grande ajuda — disse Sandra.

— Tchauzinho, Max — disse Culpa, abanando com os dedos e dando mais um sorriso. — Espero que nos vejamos de novo em breve.

E Sandra fechou a porta. Eu ri. O que estava feito, estava feito e não adiantava me culpar. Obviamente, Sandra não ia me entregar aos meus superiores. Talvez até sua proposta fosse lucrativa para mim.

— Em que pé ficamos então?

— Ora, Max, use sua imaginação — disse ela, ficando de braços dados comigo. — Com um bom uso da informática, imagine quantas almas podres podemos trazer. Fazer o que você já está fazendo, só que em maior escala, e com muito maior eficiência.

— Até que não parece má ideia — admiti. — Mas não é fácil conseguir as almas certas. Aquelas que parecem boas, mas não são.

— Mas eu tenho uma ótima fonte de informações, Max. Uma rede de... anjos! Anjos da Guarda. Muito mais numerosos, eficientes e mais bem distribuídos que os demônios. Eles me ajudarão. São capazes de dizer quem merece perdão, quem alcançou a redenção e quem merece a devida punição. Anjos, Max! Anjos! — ela disse num tom quase messiânico, abrindo os braços e olhando para cima.

— Não sei. Trabalhar com anjos parece muito arriscado.

— Seja ousado, Max! Nossa sociedade está recém começando, mas já é muito promissora — ela olhou para mim com o canto dos olhos e deu um sorriso provocante. — Talvez você até descubra que não sou tão errada assim para você. A gente podia falar sobre isso mais tarde, em meu apartamento. Posso ensinar você a passar uns spams com meu Powerbook novo, se o deixar feliz.

— Garota, eu nunca usarei um Powerbook.

— Nunca diga nunca, Max. Nunca é muito tempo. Ainda mais para seres como nós.

ELEVADOR DO PARADOXO INFERNAL

ELEVADOR DO PARADOXO INFERNAL

Otis Gates é um homem que, no momento, está se sentindo muito perdido. Sozinho em um lugar desconhecido. Ele caminha cambaleante na penumbra de um túnel de paredes de pedra sem saber aonde ir. Veste um elegante terno cinza, gravata bem folgada em volta do pescoço com colarinho aberto. Suas belas feições normalmente indicam confiança e determinação, mas, desta vez, um certo ar de apreensão se faz mostrar em seu rosto.

Por fim, uma pequena multidão se aproxima. Eles vêm caminhando em sentido oposto. Otis acena para eles.

— Olá! Alguém pode me dizer onde estou e como sair daqui?

Mas quando os estranhos se aproximam, passam por ele como se não o vissem. Esbarram nele sem se importar com sua presença. Ele os chama, chega a levantar a voz, mas o grupo, como um bando de zumbis, está inabalável. Até que ele segura um rapaz pelos ombros e fala bem alto diante de seu rosto.

— Pelo amor de Deus! Fale comigo!

— Deus? — o jovem responde com um olhar vago e uma voz pastosa e de descaso. — Você não vai encontrar Deus aqui.

— Eu estava em um elevador! — fala Otis, desconsiderando a observação teológica do jovem. — Ele pareceu descer rápido demais. Acho que perdi os sentidos e, quando percebi, eu havia chegado no que parecia ser o subsolo.

— Aqui não é onde você pensa.

— Mas então onde é? E havia um monte de gente no elevador quando eu o peguei, e eu estava sozinho quando acordei. Preciso achar outro elevador, pois aquele não funciona mais.

— Você não percebeu ainda? Somos almas penadas. Nós estamos no Inferno! Agora, me dê licença, temos que seguir em nossa jornada.

Ao ouvir isso, Otis larga os ombros do jovem e ele volta a cambalear junto com a multidão. Otis sente em seus ossos que aquela explicação absurda é mesmo verdade e que seu destino naquele elevador de escritório foi muito mais sombrio do que ele imaginou. Mas ele não está a fim de entregar os pontos como as almas penadas. Ele tem esperança de que sairá do Inferno e jamais a abandonará.

Ao longe, avista um moderno elevador com algumas pessoas.

— Sobe! Expresso! Direto ao Paraíso! Subindo! — grita o ascensorista.

Otis corre, mas uma outra multidão, novamente em sentido contrário ao seu, se põe em seu caminho. Ele tenta se desvencilhar dos transeuntes, mas eles são muitos.

— Último aviso! Sobe! — diz o ascensorista, entrando no elevador. A porta começa a se fechar. Otis corre até ele, mas, quando chega, é tarde demais. O elevador já se foi.

Otis fica batendo com os punhos na porta e maldizendo a vida. Ou a morte, mais precisamente. Ele olha para o indicador dos andares. É um interminável painel de luzes que vão piscando uma a uma. Talvez o elevador volte. Ele chuta a porta e diz um palavrão. Uma mão toca em seu ombro e ele se vira assustado.

— Não danifique a propriedade do Inferno! — diz aquele ser, tranquilamente fazendo sinal de "não" com o dedo indicador. Otis sente seu sangue gelar. É uma figura horrenda. Um monstro com a parte de cima de um ser humano com chifres de carneiro e pernas de bode. Tem pele e olhos vermelhos.

— Me desculpe — balbucia Otis.

— Esse elevador não volta mais, não em mil anos ou mais — diz a figura. — Por que não pega aquele ali? Parece que ainda não saiu — diz o demônio, apontando para um elevador aberto em outra parede. O demônio dá um sorriso maroto.

Otis limita-se a concordar com a cabeça e sussurra:

— Obrigado...

Ele pode jurar que até alguns minutos atrás aquele elevador não existia, não estava lá. Mas não importa; é para lá que ele vai.

Otis corre até o elevador. É um velho elevador de tamanho médio e de porta de sanfona. Há algumas pessoas ali dentro. Há também um ascensorista, um pequeno velhinho de cabelos e bigode brancos, usando um uniforme também todo branco.

— Sobe? Vai para o Paraíso? — Otis pergunta.

— Claro, meu jovem. Partimos em um minuto — diz ele, apontando para um grande relógio na parede acima da porta, que marca 11:59. — Você chegou bem a tempo. Queira acomodar-se por favor.

Otis encontra um lugar junto à parede, apoia-se e dá um suspiro de alívio. Logo tudo terá acabado, Otis pensa. Nada mais de Inferno. Já que existe mesmo uma Vida Eterna, que seja em um lugar melhor. Otis suspira novamente e observa o relógio do elevador, que, estranhamente, agora apenas indica 11:59. Ele confere seu relógio de pulso, mas está parado.

Uma mulher chega correndo e entra no elevador.

— Está subindo? — pergunta ela, esbaforida.

— Sim, só mais um minutinho — responde o ascensorista. — Queira acomodar-se por gentileza.

Menos de um minuto, é claro, pensa Otis.

Um homem mais velho e gordo se aproxima de Otis.

— Um minuto. Foi o que ele disse para mim quando eu entrei, e eu cheguei um tempo antes de você.

O ascensorista olha para o relógio, que já não marca

11:59, mas o ponteiro dos minutos também ainda não chegou no 12. Vai fechando a grade da porta, para a felicidade de Otis, e dos demais ocupantes. O elevador está prestes a sair do lugar quando aparece uma mulher do lado de fora.

— Espere aí! Também quero entrar!

Pacientemente, o ascensorista volta a abrir a grade e a mulher entra.

— Com licença, senhor... — diz Otis para o ascensorista.

— Sr. Zeno. Em que posso ajudá-lo?

— Já não está na hora desse elevador sair? Se você ficar abrindo para cada um que quiser entrar... E já passou mais de um minuto.

Demonstrando estar alarmado, o ascensorista olha para o relógio.

— Será? Não... Ainda não passou!

— Mas como não?

— Não se preocupe. Sabe, o tempo anda de maneira engraçada aqui.

— Que história é essa?

— Digamos que esse relógio, no último minuto da hora, costuma andar um pouco mais devagar. Mas só estou autorizado a sair quando ele marcar precisamente 12 horas — disse o velho, com um ar de seriedade. — Acalme-se e relaxe. Já vamos sair.

E, no curso dos minutos, sempre que estão prestes a sair, chega mais um retardatário e pede para segurar o elevador. E o ascensorista atende. E os minutos vão se transformando em horas. O número de pessoas no elevador vai aumentando, mas sua capacidade parece ser infinita e sempre cabe mais um. Chega um ponto em que Otis já não aguenta mais.

— Mas isso não é possível! Jamais vamos sair daqui!

— Seja paciente, senhor — diz o ascensorista. — Afinal, demos tempo para o senhor entrar, não é mesmo? Se quiser procurar outro elevador, ou outro caminho, sinta-se à vontade. Mas o que o senhor vai dizer se o elevador sair enquanto o senhor estiver lá fora? Além disso, pelo relógio, não passou um minuto ainda.

Otis observa que o relógio funciona cada vez mais devagar, mas o ponteiro ainda se move. Otis sente uma sensação de desespero, mas pondera que sair e ver o elevador partir seria muito pior. O ascensorista começa a fechar a grade mais uma vez, até que a mão de um homem a segura, impedindo-a de fechar.

— Cheguei bem a tempo! Está subindo?

— Claro! Partimos em um minuto! — diz o ascensorista com um sorriso malicioso nos lábios.

Otis quase não acredita mais que o elevador jamais sairá, mas não tem coragem de deixá-lo. Na vã esperança de que o elevador ainda saia, ele permanece ali. E esse será seu destino. Por toda a eternidade.

O DERRADEIRO PACTO DO SR. WALDEMAR OLIVEIRA

O DERRADEIRO PACTO DO SR. WALDEMAR OLIVEIRA

Waldemar de Oliveira entrou no seu escritório pisando com o pé direito, não porque tivesse alguma superstição sobre entrar nos lugares com o pé direito, mas porque era assim que sempre fazia. Em seguida, seguindo seu ritual costumeiro, pendurou o casaco no mesmo gancho na parede onde sempre o pendurava. Sentou-se em sua cadeira e conferiu o horário em seu relógio de pulso: 7:59. Esperou ali sentado pelo restante do minuto. Quando o relógio marcou oito horas, abriu sua maleta e dali retirou três canetas – uma azul, uma preta e uma vermelha – e colocou-as à sua frente na escrivaninha exatamente nessa ordem, da esquerda para a direita. Em seguida, colocou três lápis número dois já previamente apontados e de tamanhos diferentes no lado esquerdo da mesa, ficando o maior à esquerda e o menor à direita. E do lado direito dos lápis, uma borracha branca macia. Depois disso, retirou pastas com papéis de sua maleta e as dispôs em duas pilhas de exato tamanho. Tudo certo. Waldemar estava pronto para mais um dia de trabalho no Departamento de Levantamentos Estatísticos da administração estadual.

O escritório era modesto e tinha apenas o essencial, mas, pelo menos, possuía uma janela grande que dava para o pátio, que era bem arborizado. Naquela manhã, um passarinho, mais precisamente um cardeal de cabeça vermelha e asas azuladas, pousou no parapeito da janela. Quebrando sua rotina, Waldemar não perdeu a oportunidade e puxou um pequeno bloco de uma gaveta da escrivaninha, apanhou o lápis maior e se pôs a rabiscar, numa tentativa de capturar a beleza daquela bela criaturinha alada. Como se posasse para um artista de verdade, a ave ficou estática tempo suficiente para que Waldemar desse vazão a seus arroubos artísticos de desenhista. E quando o pássaro finalmente voou, Waldemar contemplou o esboço que havia criado, fez uma careta de desaprovação, fechou o bloco e jogou-o de maneira displicente na gaveta de onde o havia retirado. De fato, ele tinha problemas mais sérios com que se preocupar.

Waldemar releu o memorando que recebera no dia anterior e cujo conteúdo ainda não havia digerido propriamente. Em resumo, uma reforma administrativa colocava em dúvida a própria existência de seu departamento. Como funcionário público, não poderia ser demitido, a não ser em circunstâncias excepcionais, mas sempre que pensava no limbo administrativo que enfrentaria se perdesse tudo com que estava familiarizado, Waldemar sentia o princípio de um ataque de ansiedade. Sob certos aspectos, o limbo parecia até pior que o inferno, pois neste, pelo menos, havia uma definição de como as coisas seriam, e se tinha uma coisa de que Waldemar detestava eram indefinições.

— Eu faria qualquer coisa para esse problema ir embora — disse baixinho. — Qualquer coisa...

Enquanto ele ruminava sobre seus problemas reais e sobre os prováveis, a porta de seu escritório se abriu e apareceu um jovem olhando tudo em volta e com ar de perdido.

— Está procurando alguém? — perguntou Waldemar.

O jovem parecia um tanto distraído e, de cara, Waldemar sentiu-se incomodado com sua maneira caótica de vestir: terno azul, camisa floreada e tênis. Se Waldemar, como funcionário, respeitava aquele lugar usando um terno devidamente passado e gravata, o mesmo deveria ser exigido dos demais, pensou.

— Quem, eu? Quero dizer... Esse é o escritório de Waldemar Oliveira, diretor do DLE, não é? E você é...

— O próprio. Só quero adiantar que você não parece estar trajado de acordo com as normas do departamento, e nós aqui não atendemos o público em geral, apenas solicitações por escrito de outros departamentos. Assim sendo, não vejo como possa ajudá-lo — Waldemar explicou.

O jovem abriu um enorme sorriso e, como um gato, pulou na cadeira à frente da escrivaninha de Waldemar.

— A questão, meu amigo, não é você me ajudar. É como eu posso ajudar você! — disse ele, encostando em seu próprio peito e, em seguida, apontando para Waldemar.

— Ah, não acredito... — resmungou Waldemar. — Um vendedor! Como deixaram você passar pela recepção? Meu amigo, não tenho nenhuma obrigação de perder tempo com esta conversa. Queira retirar-se agora!

— Para começo de conversa, não sou exatamente um vendedor. Pelo menos, não no sentido tradicional. Digamos que sou um solucionador de problemas e tenho certeza de que minha proposta lhe interessará muito. Considere isso como dar um passo com o pé direito na resolução de um sério problema — disse ele, apontando para a porta.

Waldemar hesitou.

— Como... Ei, por acaso você anda me espionando? Nem sei quem você é!

— Respondendo sua primeira pergunta, a organização à qual pertenço tem muito interesse no senhor. Não abordamos qualquer pessoa. Vim até aqui procurando exclusivamente o senhor e não ofereço meus serviços a qualquer pessoa. Quanto à segunda pergunta, de fato, cometi grave erro. Devia ter me apresentado no início. Santos, Fausto Santos, à sua disposição. Eis meu cartão — ele disse, entregando-lhe o dito-cujo.

— Fausto Santos... Pactos? Que diabos de atividade é essa?

— Exatamente, meu senhor, exatamente! Adoro quando as pessoas vão direto ao ponto. Fica tão mais fácil, não é mesmo? Só me esclareça uma coisa. Você é religioso?

— Não particularmente. Mas ainda não estou entendendo.

— Claro que entendeu! Você tem um problema, e eu, a solução. Você não apelou para os céus. Quem *diabos* você acha que responderia então? E você não disse que faria qualquer coisa para fazer o problema ir embora? Então, *tcharan*! — disse Santos com entusiasmo e abrindo os braços. — Aqui está sua chance!

Waldemar sentiu um arrepio subir-lhe pela espinha. Não, não podia ser. Esse sujeito tinha que ser maluco!

— Certo, seu maluco. Não sei como me ouviu, mas... Fora daqui! Já perdi minha paciência. Volte para o inferno de onde você veio!

Ele se levantou e caminhou até a porta. Antes de abri-la, porém, deu mais uma olhada em Waldemar e depois para o chão, num gesto de forçada timidez.

— Que pena mesmo, sabe? Tinha tanta esperança no seu caso. E acho chato desistir de um cliente em potencial como o senhor. O senhor é uma pessoa sensata e... bem, precisa de provas de que tenho minhas ligações com... lá em baixo — disse ele apontando para o chão. — Ei, tive uma ideia! Temos um audiovisual que explica tudo. É em alta definição e feito especialmente para o senhor pelo nosso departamento de marketing. Façamos o seguinte: basta o senhor querer ver o audiovisual, e tenho certeza de que se convencerá! Agora, vou deixá-lo sozinho com seu trabalho.

— É, isso mesmo. Pode contar com isso. Vá esperando, vá! — ironizou Waldemar enquanto Santos abriu a porta e saiu.

Waldemar olhou fixamente para o cartão e resmungou.

— Cada maluco que me aparece. Imagine só, audiovisual... Ah! Bem que eu ia querer ver esse tal de audiovisual só pra rir um pouco...

Naquele momento, água começou a vazar por baixo da porta.

— Ei, o que está acontecendo?

Waldemar foi até a porta, irritando-se por arruinar seus sapatos naquela água que não parava de jorrar. Seria um cano estourado? Caminhou no chão encharcado e abriu a porta... Muito mais água jorrou para dentro do escritório. Então, a janela se abriu e a água começou a entrar, derrubando-o.

O nível da água começou a subir perigosamente. De repente, tudo o que sobrou foi a escrivaninha. Waldemar nadou até ela e se segurou no tampo da mesa. Em seguida, as paredes vieram abaixo e tudo o que ele via ao seu redor era água.

E as ondas começaram a aumentar. E aumentar. E a ventar. E o céu, a escurecer. Nuvens negras cobriram todo o céu visível. Apavorado, Waldemar segurou-se na mesa até seus dedos doerem.

E as ondas o levavam para cima e para baixo. Para cima e para baixo... Então, todo o céu relampeou e trovejou: cabrum! Formou-se uma onda do tamanho de uma montanha, que foi despencando contra sua pobre e frágil escrivaninha.

— Deus me ajude! — Waldemar gritou, fechando os olhos.

Mas a onda não chegou a ele. Waldemar abriu os olhos e percebeu que se encontrava em seu escritório, em cima da escrivaninha, e tudo parecia como antes, exceto pelo fato de que ele estava bem molhado, só que de suor.

Ele correu até a porta e a abriu com raiva. Santos estava ali com um sorriso malicioso nos lábios.

— Você... você... — disse Waldemar, ofegante.

— Parece que o senhor quis ver nosso audiovisual antes do que eu esperava. Parabéns!

— Eu devia... Eu devia chamar a polícia! — reclamou Waldemar.

— Mas chamar Deus numa hora dessas? Convenhamos, um pouco inadequado, não acha?

— Você pôs drogas no cartão. O que foi? LSD? Êxtase? — disse Waldemar, ainda ofegante.

— Agora, o senhor está sendo teimoso. Mas o senhor está muito alterado. Por favor, sente-se — disse Santos, conduzindo Waldemar de volta para sua cadeira. — Quem sabe seu eu for ali no bebedor e lhe trouxer um copo de... água?

Waldemar fuzilou-o com o olhar.

— Pensando bem, o senhor já teve água suficiente. Mas o senhor precisa encarar os fatos. Represento o Inferno e tenho uma proposta. E o audiovisual foi feito com o senhor em mente, pois sabemos que o senhor teve um incidente no mar quando criança. Além disso, vejamos, queremos mudar a imagem do Inferno. Chega desse papo batido de fogo eterno, enxofre, demônios. Essa é uma versão tradicional que reservamos a um tipo especial de clientes, digamos, não-voluntários. O que não é aqui o nosso caso.

— Certo... certo. Digamos que eu acredite. Então, você é o Diabo e veio me oferecer fama e fortuna infinitas em troca da minha alma imortal? Sei como isso termina. Pois nada feito! — bradou Waldemar.

— Ha, ha! — ele riu. — Desculpe-me. Bem, bem... Esta é uma ótima oportunidade para corrigirmos alguns enganos que as pessoas têm sobre pessoas do meu ramo de atuação. Em primeiro lugar, eu não sou o Diabo. Ora, o chefão é muito ocupado para ver cada caso pessoalmente.

— Faz sentido...

— E já que estamos falando nisso, não sou o Diabo, nem sequer um demônio. Sou um independente que começou do mesmo modo que você. Em outras palavras, sou apenas um representante autônomo.

— Eu não fazia ideia! E quanto à fama e fortuna por minha alma imortal? — indagou Waldemar.

— Pois é. Só porque abordamos alguém com algo que possa nos interessar, não quer dizer que essa pessoa ganhou na loteria. É possível ganhar fama e fortuna, sim, mas tem que merecer muito. E vender sua alma imortal? Convenhamos... Quem disse que estamos tão interessados assim? Quem disse que, no fim das contas, não vamos consegui-la... de qualquer maneira? — disse Santos, aproximando seu rosto do de Waldemar e enfatizando as últimas três palavras. Por fim, deu um sorriso malicioso, apesar de sua fisionomia permanecer absolutamente séria. Waldemar engoliu em seco.

— Mas então... o que vocês oferecem? E o mais importante: o que querem em troca?

— Ora, por que isso sempre é o mais importante? Por que as pessoas se preocupam tanto com o que terão que dar? Pois fique sabendo que a última tendência no Inferno é oferecer pequenos acordos. Nós lhe daremos algo que você quer muito em troca de algo que não lhe está sendo da menor utilidade. Poderia haver um acordo melhor?

— Pode ser mais específico?

— Claro! Podemos fazer esse probleminha desaparecer — disse Santos, tocando no memorando que anunciava o possível fechamento de seu departamento. — Em troca... Segundo minhas informações, você tem um pequeno bloco com desenhos em sua gaveta. Posso vê-lo?

Waldemar apanhou o bloco e o entregou a Santos, que o folhou.

— Eu não estava sabendo sobre o que era isso exatamente. Interessante, jamais vi tantos desenhos de baratas...

— Não são baratas. São pássaros — respondeu Waldemar, desanimado.

— Oh, sinto muito. Me desculpe a franqueza, mas... São horrorosos. Não sei o que meu chefe pode querer com isso.

Waldemar deu de ombros.

— Você não está me ofendendo. É o que todo mundo me diz. Já acostumei.

— Pois bem. Minha oferta é essa. Resolvemos seu problema e você não desenha mais. Simples e direto. E não fica mácula alguma em sua alma. Isso é apenas um acordo de negócios como outro qualquer. E considerando o que você tem a oferecer, acredite-me, é você quem está levando vantagem! — disse Santos, jogando o bloco de volta na frente de Waldemar.

— Nenhuma mácula? Bem... Até que vale a pena considerar... – ponderou Waldemar.

— Muito bem, Sr. Waldemar. Vou indo. Mas tenho certeza de que nos encontraremos novamente.

— Pode até ser. Feche a porta ao sair.

Depois que Santos saiu, Waldemar ficou pensando na decisão que acabara de tomar, se tinha agido certo. De qualquer modo, agora, era tarde demais para voltar atrás.

O velho amigo de Waldemar, o cardeal de cabeça vermelha, voltou e pousou no parapeito da janela do escritório. Como por pura força do hábito, Waldemar apanhou o lápis, abriu a gaveta e puxou o bloco para fora. Então, ficou admirando a beleza daquela ave e constatou que simplesmente não estava inspirado para desenhar.

Ora, de que adianta?, perguntou-se.

— Bem... Talvez mais tarde — murmurou, colocando o bloco de volta na gaveta.

Em seguida, Waldemar pôs-se a trabalhar na pilha de papéis esperando por sua atenção, pois ele tinha uma enormidade de trabalho acumulado.

OTOCRACIA

OTOCRACIA

Sentado em uma cadeira de jardim, com binóculo pendurado no pescoço e segurando um rifle, Oto contemplou a rua vazia em frente à sua casa. A rua consistia de casas e pequenos prédios abandonados e, perto deles, alguns carros deixados em diferentes posições e igualmente negligenciados. Atravessando a rua, havia uma pequena praça com brinquedos para crianças. Mas, é claro, não havia crianças ali, e Oto nem esperava que houvesse.

Tudo o que ele podia ouvir era o vento, que soprava inclemente e produzia aquele som de lamento com o qual ela já se acostumara. E foi esse mesmo vento que foi conduzindo uma folha de jornal até ter sua trajetória interrompida pela perna de Oto.

Pacientemente, ele apanhou o papel e olhou para a manchete, que dizia: "Peste: mortos ultrapassam dez milhões". Oto deixou escapar uma pequena risada, pois considerou a ironia de ter ficado vivo. Mas, sendo isso notícia velha e ultrapassada, ele amassou a folha e a atirou para longe.

Um rangido de metal atraiu sua atenção para a pracinha no outro lado da rua, ao lado da casa bem em frente à sua. Uma lufada de vento fez o balanço ir para frente e, então, acabou voltando para a posição inicial, como se fantasminhas ainda frequentassem o local e lá brincassem pensando que ainda estavam vivos.

Oto olhou para o balanço naquele movimento de vaivém e achou-o hipnótico. De repente, não conseguiu deixar de imaginar o lugar povoado por crianças de verdade, correndo, rindo e se divertindo, assim como era antes de tudo acontecer, como poderia ser, como ainda deveria ser se o destino não fosse tão impiedoso. Imaginou então uma alegre mamãe empurrando o balanço com seu filho, vendedores de pipoca e algodão doce, jovens casais de mãos dadas passeando, carros passando na rua, a cidade fervilhando com vida novamente. O vizinho da frente saindo e fechando a porta atrás de si...

Seu devaneio havia sido interrompido por um som que era bem real; a porta se fechara realmente. Haveria mesmo alguém naquela casa? Imediatamente, Oto pulou da cadeira e, arma em punho, correu até a casa que pertencera a seu vizinho.

A porta estava parcialmente aberta, pois a fechadura estava quebrada. Lentamente, ele empurrou a porta e apontou o rifle, que tinha uma lanterna presa no cano. Vasculhou a sala. Havia os móveis e objetos que a família usara até seus últimos dias: sofá, poltronas, uma televisão, algumas revistas espalhadas pelo chão. Passou, então, para a sala de jantar, onde havia pratos na mesa e velhos restos de comida. Mas lá não se encontrava viva alma.

Após verificar em toda a casa, saiu, dando-se satisfeito que tinha sido o vento que empurrara a porta. Resolveu, então, dar uma olhada em sua vizinhança, como se pudesse haver mudanças desde a última vez em que ele lá andara. O vento acalmara e, agora, a única coisa que podia ouvir era o reverberar de seus passos no pavimento da cidade-fantasma.

Depois de quase uma hora de caminhada, ele se convenceu de que realmente estava sozinho e assim continuaria, pois era o único ser vivo a caminhar por aquelas ruas desertas.

Finalmente, Oto viu-se em uma longa rua, que terminava em uma série de terrenos baldios e altos muros que separavam os últimos terrenos do mundo lá fora. E a rua encontrava-se bloqueada por uma pilha de carcaças de carros batidos.

Oto correu até a pilha e a escalou até chegar ao topo. De lá, observou as redondezas: a mesma paisagem árida que esperava encontrar. Pegou o binóculo e observou com mais atenção e, ainda sim, encontrou a mesma cena desoladora. Então, sua atenção se deteve em um ponto no horizonte, mas a imagem estava borrada.

Ajustou o foco do binóculo e a imagem ficou clara. Lá estava ela: a rodovia principal. E lá estavam eles, carros, caminhões, ônibus, todos em constante movimento.

Isso mesmo!, pensou. Fiquem todos longe daqui! Vocês e suas máquinas, sua tecnologia e suas doenças!

Oto desceu da pilha e olhou para seu domínio. Ele tinha uma cidade inteira de que cuidar. E era toda sua por direito. Pagara um bom dinheiro por ela, e julgou que tinha valido a pena.

DR.
KAIKO

Dia 1

Eu sou o Dr. Kaiko. Sou um cientista muito importante. Isso qualquer um pode ver, afinal trabalho diante de um complicado computador e resolvo problemas difíceis. Apenas quando meus colegas têm um desafio muito grande eles me chamam, e aí eu entro em ação.

Eu trabalho com gente muito boa. Como sou assim tão importante, eles cuidam de todas minhas necessidades. O que é bom, porque sempre me servem frutas gostosas. Mas eu gosto mesmo é das quintas-feiras, pois ganho balinhas de chocolate. Oba! Hoje é quinta-feira.

Dia 2

Infelizmente, hoje não é quinta-feira. Depois que eu resolvi um problema muito complicado no computador, a Sônia, minha amiga, me trouxe balinhas de morango. Não é a mesma coisa que as de chocolate, mas, quando ela trouxe as balinhas, eu dei um grande sorriso como sempre faço e agradeci.

Eu até que gosto dessa Sônia. Toda vez que trabalho, ela fica me olhando pela vidraça e sorrindo. Pobrezinha dela. Então, após meu trabalho, ela vem conversar comigo, mas nem sempre o que diz faz sentido. Sinceramente, acho que tem alguma coisa errada com essa moça. Mesmo assim, eu gosto dela.

Dia 8

Hoje, o Jean-Pierre veio nos visitar. Ele trabalha em outro departamento. Não gosto muito dele. A Sônia fica falando com ele todo o tempo e não me dá atenção. Então, ele ficou me olhando pela vidraça e eu me recusei a resolver os testes. Pronto, assim eles vão aprender. Quando o Dr. Kaiko decide fazer algo, ele faz. Agora, eles sabem quem é o chefe. Hei! Hoje é quinta-feira de novo! Dia das balinhas de chocolate.

Dia 19

Hoje, tudo ia normal, como sempre acontece. Acordei no meu quarto e meu desjejum estava me esperando. Frutas e leite como sempre. Então, me pus a trabalhar.

Aparecem imagens no computador e eu tenho que determinar seu significado, e tenho pouco tempo para isso. Difícil, mas um gênio como eu não vai se intimidar com uma coisa dessas. Eu me esforço e faço o que tenho que fazer, e na metade do tempo.

Só que, dessa vez, ninguém fica olhando pela vidraça. Ninguém me aplaude. Isso me deixa zangado. Se ninguém liga para o que eu faço, por que eu devia ligar?

Largo minha estação de trabalho e subo na mesa diante da vidraça. Observo os outros cientistas, com seus jalecos brancos discutindo alguma coisa. Parecem agitados. Mas o pior é que já terminei meu exercício, e nem me deram as balinhas que fiz por merecer. Assim não há como trabalhar. Eles sabem que gosto de minhas balinhas.

Então, decido sair dali. Vou para outra seção, onde às vezes trabalho. O pessoal daqui é muito brincalhão e costumava esconder minha comida. Eu tinha que percorrer uns corredores longos e cheios de desvios só para pegar meu lanche. Até que um dia dei um basta nessas brincadeiras idiotas e eles não fizeram mais isso.

Mas como estou irritado, decido percorrer os corredores de novo. Isso me distrai e me faz lembrar da época em que tudo aqui era novo. Acho o centro do labirinto com facilidade, mas não tem lanche nenhum ali. Ah, este dia está cada vez pior!

Então, noto uma coisa diferente. A porta está só encostada. Aquela porta nunca esteve aberta antes! Será que devo aproveitar? Talvez dar uma saída neste dia tão chato me anime um pouco. Resolvo arriscar.

Entro em uma sala onde jamais estive. Passo por um corredor, mas esse é um corredor de verdade, e não de brincadeira. Observo que os cientistas estão discutindo muito, o que é bom, pois nem me notam. Dessa vez, quero me aventurar, e algo me diz que é melhor passar despercebido.

Me desloco até o fim do corredor. Me estico para pegar a maçaneta, e a porta se abre. Sol! Há quanto tempo eu não via. A luz do sol bate em minha cara e eu fecho os olhos até eles se acostumarem. Tão gostoso!

Começo a caminhar por uma passagem em meio a arbustos até chegar a uma área aberta. Há pessoas ali. Pessoas que eu nunca vi. Não sei por que elas me olham de maneira estranha. Eu também as acho esquisitas, mas não fico encarando. Não é educado encarar.

Sinto cheiro de comida e vou atrás. Tem umas pessoas sentadas junto a uma mesa. Elas me veem. Uma mulher grita. Um homem me ameaça. Mas que falta de educação! Então, eles todos vão embora. Meu dia de sorte, afinal, pois deixam restos de um cheiroso hambúrguer. Melhor, sobra para mim!

A comida vem bem, e acho delicioso o petisco. Eu bem que gostaria que me dessem isso algumas vezes. Melhor aproveitar enquanto posso. Em pouco tempo, os restos dos lanches que estão sobre a mesa se vão. Como alguém pode desperdiçar comida assim tão apetitosa?

Agora estou sozinho, o que é uma pena. Passo tanto tempo sozinho que eu queria companhia. Aonde foi todo mundo? Sei que umas pessoas foram rudes comigo, mas tudo bem. Vou mostrar que sou amigo. Vou atrás delas.

Subo numa árvore para ver onde estão. Noto que, mais adiante, há um grupo de pessoas ao redor de uma cerca e todos parecem prestar muita atenção ao que se passa lá. É para lá que eu vou!

Me aproximo do grupo e, de início, ninguém me nota. Uma criança aponta e começa a rir. A mãe da criança imediatamente a pega no colo e a afasta de mim. Logo, outros começam a falar alto. Que coisa estranha! Os cientistas nunca reagiram assim comigo.

Vou até a cerca e decido olhar. Pelo jeito, vou saber o que estavam olhando. Tem uma placa. *Toca... dos... go... ri... las*! Detesto gorilas. São animais grandes e estúpidos. Por que alguém ficaria assim observando esses bichos idiotas?

Olho para baixo e percebo que tem uma criança lá embaixo.

— Ei! Tem uma criança ali! Alguém tem que ir buscá-la! — grito para a multidão para que alguém faça alguma coisa, mas ninguém se mexe. Pelo contrário, umas pessoas ficam com medo, e outras se tornam agressivas.

Droga, eu não queria ter que fazer isso, mas esses covardes não vão fazer nada. Pulo em um galho e logo estou no chão. Um gorila se aproxima ameaçador. Sei como lidar com esses animais. Faço-me de submisso, e ele perde o interesse. Bicho burro mesmo.

Com um braço, pego o menino. Ele está desacordado. Volto para a árvore e logo estou lá em cima, junto da grade.

— Tudo bem, pessoal — digo para as pessoas. — O perigo já passou! O menino está bem!

Mas o pessoal me olha de maneira estranha. Acho que não devo colocar o menino aqui diante dessa gente tão esquisita. Parecem malucos!

Então, aparecem uns guardas uniformizados com redes e armas. Vão dar um jeito nessa gente, penso. Só que, para minha surpresa, um homem gordo se volta para mim e me diz para ter calma. Ora, estou muito calmo! Essa gente é que está agitada.

Coloco a criança no chão. Pronto, ela está bem. Agora, me deixem em paz!

Mas o gordo não quer nem saber. E, pelos lados, um homem e uma mulher se aproximam. O que está acontecendo? Então, acreditem ou não, jogam a rede em mim! Cobrem minha cabeça! Oh, não! Está tudo escuro!

Paramédicos estavam carregando o menino em uma maca até uma ambulância estacionada com as portas traseiras abertas. Uma mulher chorosa, de vestido floreado, acompanhava a criança, segurando-lhe a mão. Alguns policiais procuravam conter a multidão, que permanecia agitada.

O chefe de segurança do zoológico, um homem obeso suando muito, tirou seu boné e coçou a cabeça, colocando-o de volta.

— Parece que tudo terminou bem, não é, chefe? — disse um moreno magro de bigode, que também usava uniforme semelhante. — Ele está contido agora.

— Acredite, nossos problemas estão apenas começando. Quero que dispersem essa multidão antes que... Droga! Tarde demais!

Da multidão saiu uma mulher de uns cinquenta anos, com longos cabelos castanhos, jaleco branco e um ar decidido.

— Quem está comandando esse circo todo? — disse a mulher.

— Minha senhora, está tudo sob controle. Por que não espera lá dentro?

— Senhora coisa nenhuma! Sou a Dra. Sônia Motta e sou encarregada do Instituto de Pesquisas. Onde está o Dr. Kaiko?

— Quem? — disse o subalterno.

— O dito cujo — falou o chefe, visivelmente de má vontade. — Ele está ali, dentro daquela van. Mas nós não o machucamos, apenas o contivemos. Tínhamos que proteger o garoto, que escapou dos gorilas para ser ameaçado pelo seu... amiguinho ali.

— Pelo que me contaram, o Dr. Kaiko não ameaçou ninguém e até salvou o menino da toca dos gorilas! — disse Dra. Sônia, tentando conter sua impaciência. — Se vocês o machucaram... Isso vai custar seus empregos! Tem ideia de quanto um desses custa?

O chefe de segurança grunhiu contrariado e seguiu até a van. Porém, hesitou em vez de abrir as portas.

— O que está esperando? Abra de uma vez!

— Bem, é por sua conta e risco. Não me responsabilizo pelo que pode acontecer — falou o guarda.

Dra. Sônia sorriu e abriu os braços.

— Dr. Kaiko! Então, você está aí. Venha para o meu colinho, venha!

O símio de macacão cinzento pulou no colo da cientista. Ele a abraçou e deu uns grunhidos que poderiam ser interpretados como pura felicidade.

— Viu? O chimpanzé está bem! — disse o guarda com visível impaciência.

— Para começo de conversa, trata-se de um bonobo, e custa mais do que você ganha em um ano. Então, acho bom que ele esteja bem!

A cientista acariciou o animal, que abriu um enorme sorriso e sacudiu a cabeça. Ele fez uns gestos com os dedos que o chefe de segurança achou estranhos.

— O que é, Dr. Kaiko? Mas hoje não é quinta-feira! Está bem, só dessa vez! Você fez por merecer.

— O que foi? — disse o guarda. — Não vai dizer que ele tem alguma reclamação!

A cientista riu, demonstrando alívio.

— Nada disso. Ele só está pedindo balinhas de chocolate.

PRINCÍPIO DA INCERTEZA

PRINCÍPIO DA INCERTEZA

Era como se o tempo andasse mais devagar naquele momento. O estrondo ensurdecedor pareceu reverberar por uma eternidade em todo o ambiente. Ao mesmo tempo, gases foram expelidos do cano num suave balé fantasmagórico. Então, um objeto incandescente arredondado saiu pela abertura do cano e, calma e inexoravelmente, seguiu cortando e queimando o ar à sua frente. O projétil flutuou tranquilo em linha reta até chegar a seu destino, primeiro rasgando a roupa e, em seguida, abrindo caminho em meio à carne macia. E o sangue vermelho jorrou em direção oposta, numa vagarosa e frenética dança no ar. A vítima estava morta.

Mas talvez nem tudo tivesse que ser assim. Talvez se pudesse imaginar a bala calibre .22 saindo do coração da vítima, que teria sua ferida fechada. O tiro retornaria rapidamente para dentro do revólver, cujo cano sugaria a fumaça, gases e resíduos de pólvora. Num breve som de clique, o tambor rodaria e desceria a bala para longe do cano, e aquele dedo assassino relaxaria, afastando-se do gatilho.

E se os relógios pudessem andar para trás, se os carros no trânsito agitado da cidade e as pessoas andassem para trás, e se pudéssemos voltar duas horas no tempo, quem sabe uma tragédia não poderia ser evitada? Ou talvez, pelo menos, poderíamos ter uma explicação razoável para o acontecido.

Encontraríamos, então, a algumas milhas daquele lugar, um prédio antigo, e, dentro de uma sala, um homem estaria segurando um giz diante de um quadro negro que mostraria complicadas equações. Um homem de cinquenta e cinco anos, alto, de queixo proeminente, altivo, e com atitude determinada.

— E é por isso que as coisas são assim — decretou o homem. Naquele ambiente, ele era o rei.

Ele mirou as faces embasbacadas da maioria dos seus alunos, mas aquela reação já não mais o surpreendia. Então, espiou sua cadeira, em cujo encosto estava apoiado seu paletó. Pensou no envelope no bolso contendo um convite para uma festa. Pensou em como se orgulhava do endereço do destinatário ali impresso:

Professor J.P. Hollisworth
Chefe do Departamento de Física Aplicada
Queen's College, Londres

Imaginou-se como convidado da Duquesa de Canterbury e como poucos teriam o privilégio de lá estar.

— Mas, professor... Sua teoria tem uma falha. Basta sabermos exatamente a posição do elétron!

O precioso comentário havia sido feito por Ralph McGuire, um loiro gordo e sardento que nunca perdia uma ótima oportunidade de ficar calado.

Hollisworth interrompeu seus devaneios, retesou a mandíbula e passou a mão na vasta cabeleira cor de fogo. Se ele não se controlasse, seu fogo viraria uma explosão.

— Só que é exatamente isso o que não conseguimos fazer, Sr. McGuire! — disse Hollisworth, fechando o punho, pulverizando o giz e contendo-se para não atirar o apagador bem no meio da cara de McGuire. — Não se pode estabelecer a posição de um elétron justamente por causa do Princípio da Incerteza. Alguém sabe alguma coisa sobre esse princípio? — perguntou ao grupo.

Um silêncio caiu sobre a turma. O tempo bastou para sua mente vagar pelo infinito. O Princípio da Incerteza era um dos menos interessantes para Hollisworth, pois, apesar de aplicar-se a tudo na vida, introduzia variáveis incalculáveis. Choveria amanhã? O Manchester United finalmente ganharia o campeonato inglês? A Grã-Bretanha adotaria o sistema métrico? Como seria possível assassinar sua esposa sem ser pego pela Scotland Yard? Questõezinhas inocentes assim.

— Pelo amor de Deus! Ninguém? — insistiu Hollisworth.

— Não seria o princípio postulado por Werner Heinsenberg, físico alemão? — disse uma sorridente jovem negra com vastos cabelos crespos e um belo lenço colorido na cabeça, na posição de tiara.

— Obrigado, Maggie! — disse Hollisworth. — Alguém tinha que salvar o dia.

— E diz que o observador interfere no observado, ou coisa assim. Não tem até a história de um gato morto? — emendou Gerald Schrödinger, um magro com um horrível brinco no nariz.

— Logo o senhor deveria saber tudo sobre o gato! — ele riu. — Mas eu já ia explicar isso! E ninguém quer saber de exibidos — disse o professor. — Mas o Sr. Schrödinger está certo, sou forçado a admitir. O ato de observar o elétron, a partícula/onda de luz necessária para esse feito, desloca-o.

A turma acompanhou o raciocínio do professor com certo ar de aparente incredulidade.

— Digamos que o elétron seja uma partícula subatômica com alma feminina. A gente pode vigiar o quanto quiser, mas nunca está onde deveria!

Apenas a metade masculina da turma riu. Enquanto riam, Hollisworth não pôde evitar pensar nas frustradas tentativas de seguir sua esposa e confirmar de uma vez por todas que ela tinha um amante. Se ao menos ele pudesse ter certeza!

— Como deveriam saber — ele continuou —, há sempre variáveis que tornam o resultado final imprevisível. Em física quântica, dois mais dois é igual a cinco.

— Mas, Sr. Hollisworth! Dois mais dois é igual a quatro! — protestou um rapaz de cabelo verde cujo nome Hollisworth nem achava que valia a pena lembrar.

— Muito bem, meu jovem. Parabéns! Nota dez em aritmética básica — ironizou Hollisworth. — Pena que eu não diria o mesmo de seu conhecimento de física. Há variáveis incalculáveis. Algo como dois mais dois mais xis é igual a cinco, entendeu?

— Mas, Sr. Hollisworth — disse Rose Middleton, uma loirinha de aparelho que adorava complicar. — Essa é muito fácil! Nesse caso, xis é igual a um! — disse ela com um ar de *peguei o professor*.

— Não, não é... — bradou Hollisworth. Então, parou para pensar. — Está bem... É, mas você não entendeu coisa alguma do que eu disse. Agora, todos quietos! Façam o exercício da página trinta.

Pelo menos, eles eram obedientes, pois logo estavam trabalhando. Hollisworth observou Maggie. A graciosidade e elegância daquela moça o impressionavam. Ele olhava fixamente para ela. Ela notou e retribuiu o olhar com um belo e malicioso sorriso, revelando uma perfeita carreira de dentes brancos de marfim contra sua pele escura.

Ele pensou no convite para a festa da Duquesa e sabia que não era com sua esposa que ele gostaria de ir. Se ao menos ela se tornasse uma variável fora da equação... Havia a rica herança dela, e também o dinheiro do seguro. E ele estaria livre para investir em uma certa jovem.

Contudo, assassinato não era um pensamento digno de um cavalheiro. Pelo menos não sem uma boa razão moral. Sim, isso justificaria tudo, tornaria o crime a coisa absolutamente certa a fazer. Por isso, ele andara seguindo sua mulher. Contratara detetives, seguira-a pessoalmente. Ele achava que ela o traía. Se ao menos ele pudesse ter certeza.

Em sua mente, Hollisworth já testara todos os cenários para a morte dela. Estrangulamento, afogamento, e até mesmo um tiro no peito, simples e direto. Mas essa seria a pior das possibilidades. Com todos os especialistas forenses de que a Scotland Yard dispunha e sendo sua rua coberta pela vigilância de câmeras de CCTV, quem tivesse um plano tão simplista seria pego.

Sua dúvida se dissipou quando, por fim, a sorte lhe sorriu, mesmo que parcialmente: sua mulher tentara o suicídio, embora não tivesse morrido. Agora, ficara bem mais fácil. A polícia pensaria que ela tentara de novo, dessa vez com sucesso.

A aula terminou. Maggie ainda ficou para esclarecer dúvidas. O tempo voou, e a conversa fluiu ao natural. Ela riu, uma risada melodiosa e gostosa de ouvir. E tocou delicadamente no braço dele. E ele se sentia tão jovem na presença dela. Até que ela se despediu. Então, a ideia de voltar para casa o envelheceu de novo. Pegou a capa, o chapéu, a valise, o guarda-chuva comprido e tomou o double-decker, sentando no segundo andar do ônibus.

Na viagem de volta, a ideia lhe veio à cabeça, clara como cristal. Era óbvio. Como não havia pensado nisso antes? Só tinha que passar em uma loja antes. Era um plano perfeito. Katherine podia despedir-se desse mundo ainda hoje. Ele poria o plano em prática assim que chegasse em casa. A justificativa moral para seu ato que se danasse. Ele estava decidido a fazê-lo. Estava convencido de que jamais teria certeza da infidelidade dela.

Colocou-se diante da porta. Sentiu o volume no bolso. Estava preparado para o ato final. Pôs a chave na fechadura, virou a chave, e a porta se abriu.

— Querida! Cheguei! — ele falou alto. E a resposta foi um estrondoso *bangue*.

Tudo o que Hollisworth pôde ver foi a mão trêmula de Katherine, sua mulher – e agora sua assassina –, segurando a arma fumegante enquanto o coração dele jorrava sangue. E então ele não viu mais nada.

KRILL

KRILL

— Você quer fazer uma estrela? — Miria me pergunta. — Posso fazer uma se você quiser — ela diz, mas eu nada respondo. Minha mente está ocupada com outras coisas. — Tudo que temos que fazer é pegar um pouco daquela nuvem e energizar. Vamos! Será divertido! — ela insiste.

— Elas não duram. Nós fazemos uma, mas no fim ela apaga. De que adianta? — eu digo. Fico pálido, branco. Minha energia está baixa, e ela sente isso. Ela muda de cor, passa de seu amarelo habitual para um lilás mais escuro e brilha intensamente. Percebo que está contrariada. Eu tenho que lhe contar, mas acho que não tenho coragem.

— Qual é o problema com você, Krill? — ela indaga. Eu paro por um instante, fico piscando em hesitação, e enfim me decido.

— Estou indo embora, Miria. Estou pronto.

— Mas por que você faria uma coisa dessas? O que você espera encontrar?

— Não sei. Apenas sinto que é a coisa certa a fazer. Todos os outros já foram. Chegou minha hora de ir também. Não há mais nada que me prenda aqui.

Ela se contrai e perde cor; e se expande de repente.

— Nada? Nem mesmo eu? — ela pergunta.

— Eu esperava que você viesse junto.

Ela mergulha no vazio do espaço, e eu voo atrás. Então, ela se aproxima de mim e deixo com que sua substância brevemente se misture à minha.

— Levou tanto tempo para nos encontrarmos. Por que não continuamos a procurar outros como nós? Se você for, talvez nunca mais os encontre — ela diz.

— Você mesma admitiu que levou muito tempo para nos encontrarmos. E não encontramos outros como nós por uma razão simples: não existem mais seres como nós. Todos se foram.

— Mas, se você for embora, ficarei totalmente sozinha.

— Já disse. Por que não vem comigo?

— Eu gosto de estar aqui. Pulando de planeta em planeta, mesmo que vazios, mergulhando em pilares gasosos, observando quando estrelas colidem. Gosto de sentir os vestígios remanescentes de uma supernova em minhas mãos. Gosto de sentir como fazem cócegas quando atravessam meu corpo.

— Há muito tempo não temos mãos ou mesmo corpos — observo.

— Sei. Apenas vaga lembrança deles.

— Então, venha comigo. Talvez você possa ter um corpo novamente.

Um intervalo imensurável de tempo se segue e só há silêncio. Mas não insisto. Deixo-a assimilar a ideia e espero até ela conseguir responder.

— Não estou preparada para deixar de ser o que sou. Sinto muito. Simplesmente não estou pronta.

— É uma pena, então. Tenho que dizer adeus, Miria.

— Você morrerá.

— Não. Começarei a viver.

— Se é assim que você pensa, adeus, Krill.

Já não presto mais atenção a ela. Começo a expandir infinitamente. Observo nossa galáxia, e ela parece tão pequena. Mas há outras ao meu redor e eu cruzo o vazio negro para tocá-las.

Agora, estou tão imenso que posso juntar várias delas em minha mão imaginária, como pequenas joias brilhantes e coloridas. Finalmente, atinjo o limite do universo. Abro meus braços (ou pelo menos a lembrança que me resta deles) e os estico o máximo que posso. Os dedos de ambas as mãos se tocam. Constato mesmo que o espaço é curvo.

Então, o próprio universo torna-se pequeno demais para mim e me liberto dele. Vejo o universo e é apenas uma bolha contra um fundo azulado, cercado de incontáveis outros universos. As bolhas estão em todo lugar e parecem se multiplicar.

Sinto a necessidade de me mexer. Para onde irei? Para cima? De repente, parece haver uma parte de cima.

Vou flutuando enquanto sinto uma necessidade estranha. Já senti isso há muito tempo, mas não pode ser. É como se eu precisasse respirar. Como pode ser possível? Sigo meu instinto e movo-me para cima.

Vejo luz. Chego à superfície. Por um breve momento de entendimento, eu me dou conta: sou apenas uma criaturinha em um mar gelado. Minhas lembranças começam a se esvair. Minha missão está cumprida.

E a vida começa novamente.

UM NOME
INCOMUM

UM NOME INCOMUM

— Dormiu bem?

Aquele homem ainda não estava bem acordado, mas Marcusi, um rapaz negro, alto, de terno bem alinhado, porém empoeirado, ansiava por companhia. Aquela luz branca e uniforme que inundava o ambiente estava lhe tirando a calma.

— Ora, então tenho companhia! Que ótimo!

— Meu nome é Marcusi. Estava esperando que você acordasse. Creio que preciso de sua ajuda — disse, com ar resoluto.

— Sou conhecido como Giriéu. Calma, rapaz. Não precisa se afobar tanto — falou de modo desleixado.

Marcusi já analisara bem o local. As paredes brancas feitas de algum material translúcido assemelhado ao plástico e a ausência de móveis – a não ser pelas pranchas que se projetavam perpendicularmente de cada parede

– não combinavam com aquele velho pálido, barbudo e quase maltrapilho. Pior de tudo: devia ser um camponês. E pouco inclinado a fazer o que devia ser feito, como, aliás, já era o que Marcusi esperava de um camponês.

— Eles... drogaram você? — perguntou Marcusi.

— Bem, se você chama isso de droga — falou, agarrando a garrafa de vinho. — Veja! Ainda tem um pouco.

— Não acredito! A situação do jeito que está e você bebendo.

— E o que queria que eu fizesse?

— Precisamos sair daqui. Você não vê?

— Calma! Mal acabou de chegar e já quer sair? Como se eu já não tivesse tentado...

— Não estou dizendo que seja fácil. Eu mesmo já tentei de tudo. A porta desliza para se abrir e fecha hermeticamente. Não há aberturas, embora o ar penetre e circule livremente. Não há fendas de espécie alguma por onde possamos enfiar um estilete ou uma faca.

— Mesmo porque não ternos um estilete ou uma faca — retrucou Giriéu. — Mas talvez, com suas boas maneiras, eles lhe deem uma, quando servirem filé no jantar...

— Já chega! Se não pode dar nenhuma ideia que preste, cale a boca, então. Sairei daqui sozinho, se preciso. Pelo menos, estou encarando a situação com a seriedade que merece.

— Está bem! Vamos ser sérios por um minuto. Digamos que fosse possível escapar. Para onde iria? Faria o quê?

— Ora, que pergunta! Está acontecendo uma guerra lá fora, se você ainda não notou. Até armas atômicas já devem estar sendo utilizadas. Encare os fatos.

— Justamente por isso. Não há nada que possamos fazer e não há lugar para onde possamos ir!

— Não fale assim! Isso é um absurdo — bradou Marcusi.

Marcusi levantou-se e começou a caminhar de um lado para o outro. Estava nervoso e preocupado.

— Vamos, rapaz. Componha-se. Se você não se acalmar, aí é que não conseguirá nada — ponderou Giriéu.

— Você não entende. Minha família está lá precisando de mim. Sua segurança depende do que eu fizer. Pelo visto, você não deve saber o que é ter uma família.

Giriéu riu.

— Aí é que você se engana. Ah, esse vinho me traz recordações... O bom emprego. A viagem de férias, as passagens compradas. As crianças... E ela. Sabe de uma coisa? — balbuciou após tomar um gole e limpar a boca com a manga. — Não existe estupidez maior que uma família querer viajar em voos diferentes. Sempre peguem o mesmo voo! Afinal, se alguma coisa tem que acontecer, que aconteça com todos de uma vez. Nem pude estar com ela no momento final. E agora estou sozinho. Ou melhor, antes estivesse, pois sua presença já me esgotou a paciência. E, droga, acabou o vinho!

— Sinto muito por sua família. Mas beber é uma fraqueza e não podemos nos render às nossas fraquezas.

— Parece que está na hora de *você* encarar os fatos — disse Giriéu. — Talvez você não tenha família nenhuma esperando-o. Nem emprego, nem lar, nem cidade.

Ao ouvir isso, Marcusi reagiu furioso, agarrando a gola da camisa de Giriéu com força.

— Fique quieto! — berrou e, contendo-se em seguida, acrescentou: — Senão, um de nós não sairá vivo daqui!

— Você está delirando se pensa que você ou eu temos alguma chance de sair daqui com vida. Por isso, não adianta me ameaçar. Não tenho mais nada a perder. Largue-me!

Os dois ficaram sem se falar por um bom tempo. Porém, a monotonia estava ficando insuportável para Marcusi, que andava de um lado para o outro na cela.

— Quer se acalmar? Está me deixando nervoso.

— Deixe-me em paz — advertiu Marcusi.

— Não quer falar comigo? Muito construtivo! E antes você estava tão ansioso por minha ajuda.

Marcusi continuou em silêncio, mas Giriéu insistiu.

— Desculpe-me pelo que falei sobre sua família. Não devia ter dado palpite.

— É, não devia mesmo. Mas não pense você que sou apenas movido por interesses pessoais. Sou um homem com princípios e ideais.

— Ora, que nobre!

— Pode ironizar à vontade. Mas acontece que eu tenho amigos. Sim. Você não sabe quem é Marcusi Granel. Conheço gente influente no governo. Eles vão me libertar.

— O governo. Bando de cretinos! Se é por isso, também conheço gente importante: você. Afinal, sou apenas um simples membro de uma colônia agrícola.

— Que ceticismo! Vocês são todos iguais. Quando se trata de destruir o que os outros tentam fazer de bom com dedicação, são os primeiros a reclamar ou até mesmo a comprometer todo um esforço para que o sistema funcione.

— Ei, escute aqui, Sr. Defensor do Sistema. A única dedicação que esse grupo apresentou foi em defender seus próprios interesses. E nada de bom resultou disso. Nem para vocês mesmos — argumentou Giriéu, cujo aparente entusiasmo o fez levantar. — Escute o que estou dizendo! Não sei o que foi maior, a corrupção ou a burrice de seu governo. Tanto é que você está aqui! Comigo! Você vai terminar da mesma maneira que eu Quer prova maior do que estou dizendo?

— Um momento. Você está se esquecendo de algo muito importante. Já vi que você está totalmente por fora da realidade. Fomos enganados em nossas boas intenções. Mas admitamos que tenhamos falhado. Que ajuda tivemos depois? Onde estava o apoio de que todos precisávamos? — disse Marcusi.

— Ora, não me venha com essa! Você não pode esperar que os outros limpem a bagunça que *vocês* criaram. Têm que aprender a assumir as próprias responsabilidades!

— Muito bonito! Pois foi assim que o inimigo nos venceu. Devido à nossa desunião!

— Nada disso. Vocês os trouxeram para cá, compadre. "Assim, os países do Norte não poderão nos ameaçar", diziam. Deram tudo de mão beijada para essas forças estrangeiras. Agora, são nossos senhores.

— Mas isso só aconteceu porque não tivemos o apoio necessário no momento mais importante. Foi fácil para eles conquistarem um povo dividido.

— Ora, além de toda a incompetência e corrupção, vocês se venderam... Ou, o que é pior, venderam-nos para forças estrangeiras. Poderíamos até admitir, com muita imaginação, que nossos líderes não tivessem se corrompido. No mínimo, vocês foram uns omissos.

— Ah! Finalmente encontramos a palavra certa Omissão! Agora, eu pergunto: quem se omitiu? Nas fábricas, nos campos, nas universidades... Por isso, foi tudo tão fácil para o inimigo. Mas já vi que não estou falando com um simples camponês como pensei. Pelo menos, fico satisfeito em saber que eles capturaram bandidos de sua laia.

— É muito fácil nos acusar de subversão. Para depois terem uma desculpa para nos perseguir — Giriéu começou a levantar a voz. — Sua gente representa o que temos de pior. A escória institucionalizada. São muito piores do que eles.

— E vocês, então, são nossos inimigos reais. Queriam que todos os que não compartilhassem de suas ideias fracassassem. Danem-se os outros! Quanto pior, melhor! — berrou Marcusi. — Pelo menos, o invasor é autêntico.

— Ah, então finalmente você revela sua simpatia por eles! Eu sabia! Vocês sempre estiveram juntos.

— Prefere distorcer minhas palavras como distorce os fatos. Pois pelo menos uma coisa boa nossos invasores nos proporcionaram: a chance de lhe quebrar a cara!

— Venha! Vou acabar com sua raça!

Marcusi pulou em cima de Giriéu como um animal selvagem. Os dois rolaram pelo chão até se chocarem contra a parede várias vezes. Marcusi apertou o pescoço de Giriéu na tentativa de estrangulá-lo. Nesse momento, uma luz piscou na parede. Ouviu-se um breve e agudo ruído e uma pequena porta se abriu. Marcusi largou o pescoço de Giriéu, que começou a tossir.

— Argh! Salvo pelo gongo!

Giriéu começou a rir de maneira histérica.

— Eles destroem nosso planeta enquanto estamos aqui nos matando. E só paramos porque decidem que é hora do lanche; é muito engraçado!

— Você tem razão. Não sei o que deu em mim. Jamais matei alguém, ainda mais com minhas próprias mãos.

— Ajude-me a levantar. Vamos ver o que nossos anfitriões nos deixaram.

No compartimento aberto, havia uma bandeja com um prato, uma garrafa com um líquido verde e cálices. O conteúdo do prato, aparentemente pequenas esponjas coloridas, poderia até ser nutritivo, mas não parecia nada apetitoso.

— Ora! Mais um pouco daquele vinho meluriano. Façamos um brinde. Que a paz reine entre repressores e subversivos — falou Giriéu em tom irônico.

— Quero deixar uma coisa bem clara. Não sei se posso confiar em você, mas não tenho escolha. Não me importam suas razões. Porém, você tem suas convicções e eu, as minhas. Será possível colaborarmos um com o outro?

— Diante das circunstâncias, não vejo outro modo. Nossos amigos ali fora é que não querem colaborar.

— Você acha que estão nos observando?

— Não tenho dúvidas. Mas, afinal de contas, quem é essa gente?

— Não os chame de "gente". Não são humanos — afirmou Marcusi.

— Sim, eu sei. O povo falava que eles têm escamas azuis e que se alimentam de radiação.

— Não diga bobagens. Nada tão teatral assim. Apenas não são humanos. No início, não fez muita diferença. Eram visitantes amistosos. Queriam nos ajudar. E como temíamos os países do Norte, consideramos sua ajuda bem-vinda.

— Claro, e nós, como a principal potência do Sul, não poderíamos deixar de defender certos princípios ideológicos — disse Giriéu, ironicamente. — Pois conheço gente que nunca confiou neles.

— Mérito seu. A situação estava tensa e eles se aproveitaram bem disso. Ouvi dizer que até fizeram alianças com o outro lado também. Se pelo menos tivéssemos concluído o projeto atômico, teríamos como nos defender.

— É! Não só defender.

Mais tarde, enquanto ambos descansavam, a porta se abriu. Entrou um guarda que talvez estivesse ali para levá-los para alguma espécie de interrogatório ou mesmo de execução, como tanto temia Marcusi. Vestia uma roupa negra, com um capacete espelhado. Portava uma arma.

Ao entrar, olhou para Giriéu, à sua direita, e para

Marcusi, à esquerda. Enquanto observava este, Giriéu fez um ruído, movendo-se bruscamente. O guarda se virou instintivamente para ele. Foi a chance esperada por Marcusi, que o agarrou por trás. O guarda se desvencilhou com facilidade, atirando Marcusi ao chão, porém largou a arma. Giriéu tentou pegá-la, mas recebeu um pontapé do guarda, que se virou e apenas teve tempo de levar um forte chute de Marcusi no seu peito. Ele, então, conseguiu apoderar-se da arma, enquanto o guarda caía desacordado.

— Parabéns, Marcusi. Você conseguiu! Fizemos bem em não comer a comida.

— Nada disso. Fique parado aí. Tudo foi fácil demais. Eles querem que a gente saia.

— Não seja idiota. Escute aqui. Não foi o vinho que me fez dormir. Eu cultivava o vinho meluriano e conheço seus efeitos. Só pode ter sido a comida. Tenho certeza de que puseram drogas nela.

— Então, por que eles mantiveram você aqui? Pelo que sei, não estão fazendo prisioneiros. Tudo isso parece ter sido arranjado. Pode ser que você trabalhe para eles — disse Marcusi, apontando a arma.

— Eu poderia dizer o mesmo de você nesse caso.

— Claro, mas acontece que sou eu que tenho a arma.

— Escute aqui. Vai colocar tudo a perder de novo? Deixar que nossas desconfianças, essas sim, trabalhem para eles?

— Foram elas que me mantiveram vivo até agora. Mas vou lhe dar essa chance. Vou ficar de olho em você.

Agora, mexa-se e me ajude a tirar o capacete de nosso amigo. Meu Deus! Veja!

Era difícil acreditar que aquela forma pudesse ser a de um ser vivo. Mas forma não era o termo adequado. A falta dela era a questão. O rosto era coberto de uma camada cinza, obviamente de células mortas, que compunham uma cobertura rígida. As saliências, bem como a conformação óssea do esqueleto, não aparentavam seguir nenhum padrão de estética ou uniformidade. Pelo menos, para padrões humanos.

— Vamos deixar o Sr. Beleza aí e dar o fora antes que outros apareçam.

— Vamos — confirmou Marcusi.

A cela se localizava em um corredor ligado a uma série interminável de túneis, como num labirinto deserto. Eles caminharam até terem a sensação de que, afinal, ainda eram prisioneiros.

— Onde estamos afinal?

— Em uma fortaleza, é claro.

— E onde está essa maldita saída? — esbravejou Marcusi.

— Acho que é por aqui.

— Não. Já estivemos aqui. Estamos andando em círculos. Isso é alguma espécie de brincadeira ou teste. É mesmo! Eles estão nos testando. Somos ratos num labirinto.

— Bem, você está no comando. Para onde vamos então? — perguntou Giriéu.

— Não sei. Deixe-me pensar.

— Eu disse que deveríamos ter contratado um

guia. Mas o que pretende fazer depois que sair daqui?

— Ora, vou procurar meus correligionários! Precisamos nos mobilizar. Estávamos a um passo de descobrir o segredo das armas nucleares. Com isso, teríamos a arma para enfrentar o invasor.

— Mas seus efeitos não seriam por demais devastadores? — perguntou Giriéu.

— Talvez. Mas que escolha temos? Não é ocasião para meias medidas.

— Penso que o preço que pagaríamos seria alto demais, considerando o impacto sobre o solo, o ar, a água, isso sem falar na herança genética que legaríamos a nossos próprios descendentes.

— Antes, precisamos libertar nosso mundo. Mas que conversa é essa? Como você sabe tanto sobre o assunto?

— Um momento. Estou reparando em algo. Creio que a saída é por aqui. Lembro-me de quando me trouxeram. Venha — disse Giriéu.

— Espere um pouco! E se encontrarmos algum guarda? Aliás, como não vimos nenhum até agora?

— Pare de falar e venha. Não podemos perder tempo.

Eles chegaram até uma porta guarnecida por fachos de luz. Giriéu passou por eles, e a porta se abriu.

— Entre — ordenou Giriéu.

— Nada disso. Parado aí.

— Não adianta tentar. Essa arma está descarregada. Agora vai entrar ou teremos que forçá-lo?

— Então, o que eu suspeitava...

— Tire suas conclusões apenas após ouvir nosso amigo. Venha.

Giriéu e Marcusi entraram na sala. Por trás de uma escrivaninha, estava alguém já conhecido, o ser que eles haviam derrubado na cela.

— Seu traidor. É muito pior do que eu pensava.

— Cale a boca. Sente-se e aprenda a escutar — reclamou Giriéu, empurrando Marcusi, fazendo com que se sentasse em uma cadeira.

— Até que enfim chegaram. Acalmem-se, por favor — falou o ser pela primeira vez. Sua voz soava rouca e impessoal devido ao aparelho de tradução.

— Não posso me acalmar na presença do inimigo e de um traidor — argumentou Marcusi. — Como pôde unir-se a eles, Giriéu?

— Você deve escutá-lo.

— Não sei se você é um mercenário, louco ou simplesmente ingênuo. De qualquer modo, foi assim que eles nos venceram, fingindo-se de nossos amigos. Quer que acredite neles de novo?

— Vocês estão por demais acostumados a combaterem uns aos outros — interrompeu o ser. — E brigam bem, a julgar como ainda sinto as consequências de nosso último encontro. Mas está na hora de você conhecer alguns fatos. Não quer lhe contar quem você é, Dr. Murino?

— Dr. Giriéu Murino? Já ouvi esse nome... é claro!

— Deve me conhecer. Até que sou famoso.

— Isso explica tudo. É pior do que eu pensava. Sempre foi um traidor, até ser pego passando segredos para o outro lado. Deve estar orgulhoso.

— Não estou orgulhoso pelo fato de ter sido um dos

cientistas fundadores do Projeto Nuclear. Principalmente quando descobri o que nossos militares pretendiam fazer. Por isso, tomei a decisão consciente de passar informações para o dito "inimigo", pois assim foi possível manter um certo equilíbrio, uma certa estabilidade...

— Hipócrita!

— Nada disso! Ambos os lados acabariam descobrindo a bomba ao mesmo tempo e ninguém teria a coragem de usá-la. Dentro das circunstâncias, era o melhor que eu poderia ter feito. E tudo estava bem até *vocês* permitirem a interferência de forças alienígenas.

— Você está mesmo louco. Diz isso enquanto chama essa *coisa* aí de seu amigo.

— Ele não é como os outros!

— Um momento, Giriéu — manifestou-se o ser. — Isso quem deve explicar sou eu. Marcusi, não peço que acredite em mim. Apenas quero que me escute com atenção e, depois, tome a melhor decisão para seu povo. Você não é um prisioneiro aqui. É livre para partir quando quiser. Porém, o que tenho para dizer é importante.

O ser se aproximou da um painel com uma tela. Sua mão interrompeu um facho de luz e começaram a aparecer imagens de um planeta tão estranho quanto belo. E ele disse o seguinte:

— É o meu planeta. Pelo menos, assim era o lar de meus antepassados. Por muito tempo, temeu-se a guerra. Com a descoberta das armas nucleares, o mundo sentia o perigo, pois a ameaça era constante. No entanto, o equilíbrio garantia uma certa estabilidade, uma vez que nenhum dos lados teria a coragem de entrar em um conflito direto. Mas os problemas aumentavam — continuou o ser — bem como as tensões e a distância entre nações ricas e pobres. Um dia, quando se acreditou que o perigo da guerra havia passado, quando a liberdade começava a ser sentida por todos e quando conflitos ideológicos ocupavam um segundo plano, uma disputa local motivada por um ato terrorista precipitou um conflito em escala global. A guerra, naquele momento considerada uma preocupação "fora de moda", foi breve e devastadora.

— Depois da catástrofe — ele prosseguiu —, pensou-se que as nações se uniriam para construir um mundo melhor e mais pacífico, mas isso não ocorreu. A semente da nova civilização ainda residia nos povos dominantes, pois apenas esses possuíam abrigos nucleares gigantes sofisticados o suficiente para estabelecerem as bases do novo mundo que se formava. A natureza fora praticamente destruída por completo, mas a tecnologia havia sido preservada.

— O planeta — acrescentou o ser —, então, enfrentou uma fase em que a luta pela sobrevivência era uma constante. Os esforços combinados foram canalizados para a corrida espacial e essa filosofia de combate e conquista foi levada ao cosmo, mesmo porque era preciso encontrar em outros mundos os recursos naturais ausentes em nosso planeta.

— E é por isso que vocês aqui estão com suas armas nucleares — afirmou Marcusi.

— Você não entendeu. Meu povo jamais usou ou usará artefatos nucleares de novo. Pelo menos, essa lição aprendemos. Vocês não teriam utilidade alguma para nós se contaminássemos seu meio ambiente. E vocês estarão cometendo o mesmo erro que nós cometemos. Esqueçam-se das armas nucleares. Nem que ambos os lados as possuam, o equilíbrio é ilusório. Eu represento um grupo em meu povo que não concorda com o que vem acontecendo. Queremos a paz. Por isso, estamos entrando em contato com membros influentes de todas as facções para que, juntos, terminemos o conflito de uma vez por todas. Saibam que em alguns de nós vocês podem confiar.

— Sei que você deve estar confuso, Marcusi, como, aliás, eu também já estive. Inclusive, isso me fez repensar minha posição sobre o equilíbrio nuclear entre as nações.

O ser os conduziu até uma porta, que dava para a saída. Na despedida, Marcusi olhou para Giriéu e perguntou:

— Está pronto?

— Tenho que estar. Quanto a você, o que decidiu?

— Não estou certo. Além disso, não sei se minha voz será ouvida.

— Pelo menos, vamos tentar.

A porta se abriu. Era um belo entardecer de outono. Giriéu sentiu-se renovado, pois, como havia nascido em um outono, levara praticamente toda sua infância para atravessar aquela estação.

Os dois sóis se punham a Leste, conferindo ao céu aquele tom esverdeado de que Marcusi tanto gostava. Ao longe, em meio à floresta ainda intacta e antes da

Grande Cidade, viam-se as montanhas, com seus topos encobertos pelas nuvens.

— Não sei o que acontecerá daqui para frente — disse Marcusi ao ser. — Entretanto, tenho certeza de que jamais vou esquecê-lo. Adeus. Apenas mais uma coisa. Gostaria de saber qual é seu nome. Deve ser bem diferente dos nomes que conhecemos.

E o ser respondeu:

— Para você, soará como um nome incomum. Meu nome é João.

MISSÃO
CAMOMILA

MISSÃO CAMOMILA

— Pois bem, caros alunos. Agora, vocês vão trabalhar em duplas. Quero que colaborem em conjunto para escrever uma história a quatro mãos da seguinte maneira: um membro da dupla escreve uma parte, aí o segundo membro escreve mais uma, volta para o primeiro, até a história estar pronta. Podem começar.

"Camomila ou alface? Luana olhou pela janela e contemplou a distante paisagem campestre, com vaquinhas pastando no campo, enquanto decidia que chá iria fazer. Não era uma decisão difícil, mas ela só gostava de ficar pensando, e no campo tudo é mais lento. Os filhos estavam aproveitando a soneca da tarde e ela agora podia descansar.

Luana ficou pensando nas vicissitudes da vida. Ela

era feliz, e a rotina de lavar fraldas, cuidar de criança e administrar sua carreira de escritora de sucesso era algo que só lhe trazia satisfação. Mesmo seu coração tendo sido partido por George, o irresponsável pai de Tomás, o bebê, ela ainda assim conseguia juntar forças e enfrentar a vida como uma guerreira. Ela ficou pensando em como todos os homens que conhecera não estavam à sua altura.

— Mamãe! Quero fazer xixi!

Era Pedro, seu filho mais velho, que saía do quarto ainda sonolento. Não era mesmo uma gracinha? Por que será que tudo o que as crianças faziam e diziam era tão lindo? Luana foi ajudar seu filho, enquanto pensou que tomaria chá de camomila".

"Enquanto isso, o Coronel George Maxwell, a bordo da nave estelar USS Intrepid, se aproximava da órbita de Skylon IV. Sua missão era da maior importância, pois acabar com aqueles piratas espaciais iria trazer segurança ao povo do Planeta Terra. Ele heroicamente fazia isso por todos, inclusive aquela tal de Luana, com quem passara uma noite suada há alguns meses.

Ele ficou pensando em como ela era a mulher mais chata e idiota que ele conhecera. Mas tudo isso dava para aguentar, se ela também não fosse louca. Após passarem apenas uma noite, ela apareceu com uma boneca de trapos envolvida em um pequeno cobertor e simplesmente falou:

— Esse é nosso filho. Parabéns, papai.

Foi aí que George chegou à conclusão que deveria fugir dali o quanto antes.

— Coronel, entramos em órbita.

— Perfeito, tenente. Prepare o armamento — ordenou o Coronel George Maxwell. — E que a Força esteja com todos nós!"

"Antes, porém, que Maxwell pudesse usar suas armas assassinas, um míssil lançado da superfície do planeta atingiu o casco da Intrepid, alojando-se em um rombo feito no chão da cabine de comando a apenas dois metros de onde Maxwell estava, jogando-o no chão como um saco de batatas. Ao perceber que o fim estava próximo, ele sussurrou:

— Luana, te amo. No fundo, sempre soube que eu não estava à sua altura.

E a nave explodiu...

A notícia da morte de George Maxwell mereceu uma nota de rodapé na página 23 do jornal local. Luana nem estava mais pensando nele. Ela olhou para a manchete do jornal, que dizia: *Congresso mundial proíbe viagens espaciais*. Ela encarou a notícia com um misto de aborrecimento e desinteresse.

Como existem coisas feias nesse mundo, ela pensou, enquanto admirava a paisagem por sua janela e bebericava seu chá de camomila. Por que a menina, para se tornar mulher, tinha que perder a inocência?"

"Mal sabia Luana que ela e seus filhos imaginários tinham apenas mais dez segundos de vida. Descendo numa velocidade vertiginosa, vinha um míssil de 500 megatons que mataria Luana e mais 50 milhões de pessoas. Uma nave dos traiçoeiros allurianos, o povo mais belicoso da galáxia, aproveitava-se agora que a Terra, tendo proibido viagens especiais, estava indefesa.

Enquanto isso, o presidente do Planeta Terra dava uma bronca no presidente do Congresso Mundial.

— Bando de idiotas, vocês do Congresso. Como foram proibir as viagens espaciais? Pois estou vetando essa lei!

— Claro, senhor, que diante das circunstâncias não faremos objeções. Foi um erro lamentável.

— Chamem o Coronel Masters — disse o presidente ao telefone. — Prepare as naves da frota estelar! Vamos revidar!"

— Professor, assim não dá. Não posso continuar desse jeito. Meu colega aqui não passa de um adolescente imaturo sem um pingo de originalidade e profundidade e que tira todas suas ideias de filmes e seriados de televisão! Não é um escritor de verdade e não tenho que aturar isso!

— Quem não quer mais sou eu! Tentei consertar a história várias vezes, mas minha colega não passa de uma criança mimada cujas fracas tentativas literárias são o equivalente a um Valium! Ler o que essa mulher escreve induz as pessoas ao suicídio!

— Ei, vê lá como fala comigo!

— Eu falo com quem eu quiser do jeito que eu bem entender!

— Cafajeste!

— Vaca!

À IMAGEM DE DEUS

À IMAGEM DE DEUS

1453, em algum lugar nos arredores de Lisboa

O luar banhava a fachada do mosteiro com um brilho hipnotizante, ou pelo menos era essa a impressão que o Arcebispo Lucas tinha quando sua carruagem parou à entrada. Um monge apareceu segurando um molho de grandes chaves, que produziam o característico som metálico enquanto batiam umas contra as outras, e de pronto abriu o pesado portão. Ele humildemente manteve seu olhar abaixado, enquanto o dignitário marchava em um passo regular em uma linha reta rumo à porta da frente. Uma distância tão curta para cobrir para uma pessoa tão sagrada, acostumada a caminhar ao longo do caminho da retidão, ele filosofou ao dar suas passadas. Tudo o que se podia ouvir naquela noite silenciosa era o farfalhar de seu robe de veludo roxo sobre as folhas mortas espalhadas no solo, ao mesmo tempo em que uns poucos grilos solitários estridulavam.

— Boa noite. Sou o Irmão Thiago — o jovem monge, cuja face querúbica se iluminou com tão ilustre presença, apresentou-se assim que eles se encontraram no interior daquela construção centenária. O arcebispo, mantendo erguido seu nariz adunco, solenemente acenou com a cabeça concordando e estendeu seu braço direito. O monge segurou os dedos magros como galhos e beijou o anel de ouro de seu superior na hierarquia litúrgica.

— Vossa presença aqui é algo totalmente inesperado. Infelizmente, não estávamos preparados para vos receber. Acordarei o monsenhor agora, com vossa permissão.

— Nada disso. Tenho assuntos a tratar com outra pessoa.

— Como quiserdes. Vossa Graça teve uma viagem agradável de Lisboa?

— Sim, meu filho — respondeu o arcebispo. — Agora, dizei ao Irmão Marcelo que desejo vê-lo.

— Certamente, Vossa Graça.

Ambos caminharam ao longo do corredor fracamente iluminado. Suas múltiplas sombras executavam uma dança indisciplinada no chão e nas paredes à luz hesitante dos candelabros e da vela carregada pelo Irmão Thiago. Quando passaram por uma cela, o Arcebispo Lucas diminuiu o passo, virou sua cabeça sutilmente e contemplou a estreita porta de madeira do aposento.

— É hora das preces noturnas — prosseguiu. — Todos os monges estão recolhidos a orar agora.

— Todos os monges exceto Irmão Marcelo e vós, naturalmente, estão a orar, suponho. Além do monsenhor, é claro, que já se recolheu, pelo visto.

— Quando Vossa Graça não mais necessitar de minha assistência, voltarei para minha cela para finalizar minhas preces. Perdoai-me por minha falta.

— Tendes minha bênção, meu jovem — disse o arcebispo, erguendo o braço direito, exibindo sua infinita compreensão, sendo a pessoa generosa e remissória que era.

O jovem monge inclinou sua cabeça, agradecendo com humildade a bênção concedida. Mesmo assim, calou-se por alguns segundos e enrubesceu, envergonhado.

— Assim que for possível, retornarei à minha cela e orarei até o amanhecer para expiar minha falta, Vossa Graça.

— Esplêndido. Agora, leve-me ao encontro de Irmão Marcelo.

Ele pararam ao fim do longo corredor, diante de uma sólida porta de madeira de lei muito parecida com as outras, porém mais larga. Irmão Thiago bateu de leve na porta algumas vezes, mas não houve resposta imediata. Constrangido pela falta de resposta – visto que o arcebispo demonstrava impaciência, como lhe era de direito –, ele bateu com mais vigor. Após mais alguns golpes, a porta moveu-se apenas um par de centímetros. Um olho furtivamente apareceu pela fresta.

— Quem é? — berrou uma voz lá de dentro. — Se não for o arcebispo em pessoa, estais a perder vosso tempo. Ide embora!

O jovem monge enrubesceu ainda mais, fazendo o arcebispo imaginar o que seria do pobre monge se todo seu sangue se deslocasse para suas generosas bochechas. Também, pudera! O arcebispo jamais observara tamanho desrespeito e arrogância. Quem esse Irmão Marcelo pensava que era? Ah, sim, Arcebispo Lucas sabia muito bem quem ele era... Mesmo assim, o dignitário da Igreja, em sua vasta sabedoria, fez um gesto magnânimo, acalmando Irmão Thiago por ora.

— Aqui é Arcebispo Lucas. Venho direto de Lisboa. Estou aqui para vos ver, meu filho. Agora, deixai-me entrar.

A porta então se abriu por completo. Uma figura perturbadora pôde ser observada. Era um monge alto e moreno, de meia-idade, de hábito sujo e desalinhado, face mal barbeada, cabelos desgrenhados e profundas olheiras. Seu olhar revelava um certo transtorno que o arcebispo não conseguia definir.

— Somos todos filhos apenas do Senhor, arcebispo. Entrai.

O arcebispo engoliu o insulto e adentrou o ambiente. O Irmão Thiago tentou segui-lo, sendo, porém, barrado pelo Irmão Marcelo.

— Apenas o arcebispo! O que tenho é para seus olhos apenas.

O arcebispo, compreendendo a situação, concordou com a cabeça.

— Esperarei aqui na frente, caso Vossa Graça necessite de mim e...

Antes que o jovem monge tivesse a oportunidade

de concluir sua frase, Irmão Marcelo fechou a porta em seu rosto, deixando os dois sozinhos e apenas na companhia de Deus, é claro, pois Ele é onipresente. Eles se encontravam agora na biblioteca, cercados por prateleiras de volumes empoeirados.

— Lucas, parece que os ares de Lisboa e de Roma têm-lhe feito bem. Estais com ótimo aspecto.

— Exijo ser tratado com o respeito que minha posição na hierarquia da Igreja me confere!

— Desculpai-me, Vossa Graça. Se bem que, agora, eu seria bispo, cargo hierarquicamente superior ao vosso, não fosse vossa denúncia — disse Irmão Marcelo, adotando uma expressão séria.

— Vosso destino foi traçado por vossas próprias ações. Não fui eu quem escolheu pesquisar livros proibidos — rebateu o arcebispo.

— Muito bem lembrado, Vossa Graça. Estou aqui a pagar por meus pecados. Por isso, não guardo rancor — disse, mostrando um sorriso.

— Ide direto ao ponto. Por que me chamastes? Sou muito ocupado.

— Devo concluir que recebestes minha carta — disparou o Irmão Marcelo.

— De fato, recebi. As linhas mais blasfemas que tive o desprazer de ler — afirmou o arcebispo. — Pelo visto, nada mudastes e ainda tendes muitos pecados a expiar. O papa devia ter-vos excomungado.

— E, mesmo assim, não contivestes vossa curiosidade e seguistes todo o caminho de Lisboa para cá. Irônico, não é mesmo?

— Eu tive que testemunhar vossa falta de moral por mim mesmo. O trabalho do Senhor nunca termina, e é por demais desconcertante quando um de Seus servos, alguém que deveria prover um exemplo, perde-se de seu caminho rumo à Virtude — o arcebispo enunciou.

— Muito bem! Já testemunhastes minha falta de moral. Agora, por que não ides embora então?

O arcebispo parou por um instante enquanto pensava em uma resposta, que lhe veio em um momento de clareza.

— Não hei de abandonar um irmão de hábito quando ele mais precisa de mim.

— Entendo... — disse o monge com uma pitada de escárnio. — Então, talvez estejais prontos para ver a Prova? A evidência pela qual o homem tem esperado até o dia de hoje? A panaceia para conquistar os corações de pagãos e infiéis?

— Blasfêmia! — o dignitário ergueu sua voz, perdendo a calma pela primeira vez. — Ardereis no Inferno por isso! — o religioso apontou para o monge com seu longo dedo indicador acusatório, que era adornado por um magnífico anel de rubi.

— Blasfêmia, dizeis? Nesse caso, voltai para de onde viestes e não entreis naquele lugar! — ele indicou um vão escuro entre duas estantes de livros que se projetavam na direção deles.

A advertência soou-lhe mais como um desafio e despertou sua curiosidade como nada o fizera até agora. A que estaria aquele homem transtornado se referindo? Além disso, quem era aquele homem para dizer-lhe o que fazer? Sem querer parecer ansioso, ele aproximou-se com cuidado do local entre as estantes para o qual Irmão Marcelo havia apontado e constatou que o espaço terminava em uma sólida parede de pedra.

— Estais a brincar? Estou a perder meu tempo — protestou o arcebispo.

Irmão Marcelo aproximou-se e, com um leve sorriso nos lábios, empurrou uma das pedras que parecia estar solta. Uma seção da parede do tamanho de uma porta abriu, deslocando-se para trás. O dignitário hesitou.

— Não podeis ir embora agora, não é verdade? Podeis resistir à tentação? De presenciar com vossos próprios olhos mortais a prova divina de que o homem foi feito à imagem de Deus? De que homem e Deus são essencialmente a mesma coisa? — gritou Irmão Marcelo, que se colocou tão perto do arcebispo que este pôde sentir o hálito embriagado do monge.

— Resisto ao veneno de vossas palavras blasfemas. Fostes iludidos pelos poderes de Satã. E hei de fazer com que seja possível que, mais uma vez, Deus vença Sua criação tão impura. Na batalha entre o Bem e o Mal, Deus há de prevalecer uma vez mais.

O Arcebispo Lucas, com uma mão, segurou diante de si a cruz de prata que trazia pendurada no peito e, com a outra mão, portou a vela, passando, em seguida, pela abertura na parede.

— Querei ter a honra, Vossa Graça — disse Irmão Marcelo, concedendo-lhe passagem.

Ao entrar no ambiente, o arcebispo se encontrou em um corredor estreito e empoeirado.

— Aonde vai dar esse corredor?

— Ao vosso destino. O que quereis... O que todos nós queremos está por trás daquela outra porta no fim desse corredor.

Os dois marcharam pelos meandros daquela passagem, que se estreitava ainda mais. O cheiro que emanava das paredes e do chão era de mofo e umidade, misturado com outras coisas desagradáveis que o arcebispo não podia identificar. Teias de aranha caíam-lhe pelo rosto e sobre o hábito, e tentava removê-las com a mão que carregava a cruz.

— Enquanto prosseguimos por nosso caminho — disse o monge —, permiti-me discorrer sobre como descobri esse maravilhoso lugar. Um evento puramente acidental, mas encontrei uma sala com livros. Era a biblioteca secreta que os membros de uma antiga ordem religiosa tentaram com tanto cuidado ocultar.

— Pensei que o mosteiro já tivesse livros o suficiente. Livros aprovados pela Igreja — salientou o religioso.

— Mas o que atraiu minha atenção não era um livro qualquer. Tratava-se de um livro gigante, escrito por monges dedicados. Tratava-se do *Codex Necronomicon*.

O arcebispo, de súbito, parou sua procissão.

— O *Codex*? Mas esse livro foi banido pelo Papa Gregório IX em 1232! Encontrá-lo-ei e o destruirei com minhas próprias mãos.

— Pensei que não ousaríeis tocar esse livro com vossas mãos tão puras — ironizou o monge, cuja face sorridente parecia ainda mais sinistra quando iluminada pela chama hesitante daquela vela.

Uma lufada de vento vinda de lugar desconhecido apagou a chama. A imagem do monge sorridente ficou gravada na retina do arcebispo, que tateou no escuro até tocar em Irmão Marcelo.

— Tende calma! Estou aqui para orientar-vos. Prossegui, por favor.

Eles continuaram. Logo, o corredor apenas permitia a passagem de uma pessoa e, apesar de hesitar, o arcebispo seguiu na frente. Ele lembrou-se de que quem tem Deus a seu lado nada há de temer.

— Não vos preocupai. Estou bem aqui atrás de vós — Irmão Marcelo sussurrou-lhe ao pé do ouvido soando, naquela escuridão, como uma consciência.

— A única coisa que realmente me preocupa é o destino final de vossa alma.

— Ah! Mas minha alma está segura, Vossa Graça. Nunca estive tão perto de Deus desde que usei o *Codex* para invocar criaturas tão divinamente adoráveis.

Pelos Céus, do que aquele louco estaria falando? Criaturas? O arcebispo estivera caminhando às cegas guiado por aquele maníaco, mas também resguardado por sua fé inabalável e seus altos princípios.

Por fim, atingiram o fim da passagem, e o arcebispo sentiu uma porta de madeira. Tateou até encontrar uma peça de metal. Ele a puxou e a porta foi se abrindo devagar. Uma luz branca emanava do interior do recinto.

Ele abriu toda a porta e foi cegado novamente, mas, dessa vez, não mais por sua ambição. Era a luz mais branca e pura que já vira. O arcebispo colocou sua mão ossuda diante dos olhos.

— Minhas crianças têm um vestígio de luz celestial, Vossa Graça. Olhos humanos não estão prontos para ela.

O arcebispo olhou por entre os dedos e tentou distinguir as formas que se encontravam a alguns metros diante de si. Eram pequenas como querubins deveriam ser. O que havia ao seu redor? Talvez um halo? E elas possuíam asas. O que poderiam ser? Anjos? Estaria ele realmente na presença de anjos?

O Arcebispo Lucas deu mais um passo e seus joelhos tremeram diante daquilo de que se dava conta. Ele nunca deveria ter duvidado. Anjos realmente existiam e, se isso era mesmo verdade, então Deus existia! Como ele poderia já ter pensado o oposto?

A luz começou, aos poucos, a evanescer, e seus olhos mundanos estavam gradativamente se acostumando àquela visão. Ele vislumbrou a silhueta das asas. Sim, eles eram anjos! A prova divina da existência espiritual. Agora, era só esperar que os tolos em Roma soubessem disso. Com certeza, logo o Arcebispo Lucas se tornaria Papa. Sim, Papa Angélico I.

— Anjos... — o arcebispo repetia imbecilmente. O monge limitou-se a rir. — Anjos... Anjos... Mas... Como é possível?

— Ora, Vossa Graça. No *Codex,* encontrei um feitiço que atraía anjos de fato. E eles chegam até nós quando caem à Terra.

— Tendes que me ensinar algo tão maravilhoso. Será como uma prece especial que apenas nós dois conheceremos. Mas espere um pouco... — o dignitário raciocinou, finalmente suspeitando de que havia algo errado naquilo. O arcebispo agora encontrava-se perto o suficiente das criaturas. — Anjos quando caem tornam-se...

— Exatamente, Vossa Graça — interrompeu o Irmão Marcelo. — Eram anjos, é verdade. Mas como dizeis, Lúcifer é uma criação impura de Deus. Portanto, apenas um ser divino como Deus, ou um homem como eu, por exemplo, pode criar...

O arcebispo estava bem próximo das criaturas agora, perto o suficiente para ver o brilho avermelhado de seus olhos, sua pele encarquilhada, seus dentes sujos de sangue. E ele percebeu, para seu desespero, que aquela luz tão branca e pura agora revelava labaredas de fogo que, por trás das criaturas, estalavam como um chicote.

— Demônios! Gárgulas, mais precisamente — gritou o Irmão Marcelo em triunfo. — Apenas Deus e o Homem podem criar demônios!

O arcebispo largou sua cruz de prata e engoliu em seco em total descrença.

— Apreciai vossa refeição, minhas amadas crianças! — sentenciou o ser maléfico que uma vez fora o Irmão Marcelo.

ROMANCE

Sanga Menor · *Cíntia Lacroix*
Enchentes · *Guido Kopittke*
Crime na Feira do Livro · *Tailor Diniz*
Moinhos de sangue · *Ana Cristina Klein*
Fetiche · *Carina Luft*
Sob o Céu de Agosto · *Gustavo Machado*
Helena de Uruguaiana · *Maria da Graça Rodrigues*
Aventuras de Tomé Pires · *Norma Ramos*

CONTO

Um guarda-sol na noite e outros contos · *Luiz Filipe Varella*
O Ideograma Impronunciável · *João Kowacs Castro*
Mar quente · *Enio Roberto*
O girassol na ventania e outras histórias · *Marco De Curtis*
Outras mulheres · *Charles Kiefer (org.)*
Contos da mais-valia & outras taxas · *Paulo Tedesco*
O quase-nada · *Valmor Bordin*
Entre sombras · *Saul Melo*
Ponto final · *J. H. Bragatti*
No inferno é sempre assim e outras histórias longe do céu · *Daniela Langer*
Daimon junto à porta · *Nelson Rego*
Delicadamente feio · *Ricardo Silveira*
O homem despedaçado · *Gustavo Melo Czekster*
Ciranda negra · *Eni Allgayer*
A vida é breve e passa ao lado · *Henrique Schneider*
Conexões malignas · *Mário André Pacheco*

POESIA

Cor de maravilha · *Maria Joaquina Carbunck Schissi*
Menino perplexo · *Israel Mendes*
Leia-me toda · *Claudia Schroeder*
Rabiscos no pensamento · *Helena Hofmeister Martins-Costa*
Poemas famintos · *Valmor Bordin*

Para consultar nosso catálogo completo e obter mais informações
sobre os títulos, acesse www.dublinense.com.br.

dublinense

Este livro foi composto em fontes Arno Pro e Copperplate Gothic
e impresso na gráfica Pallotti, em papel pólen bold 90g, em outubro de 2011.